An einem Regen-
tag fand ich ein
Mädchen, das allein
unter dem Einsamen
Kampfer weinte.

„Ähm ... ist alles in
Ordnung?"

Ich konnte ich sie
nicht allein lassen
und sprach sie an.

„Yagasaki-san, glaubst du, ich schaffe es auf meine Art, durch den Himmel zu fliegen?"

✈ **Mizuki Suzuna**

Suzuna-san ist Model und Idol, das zur Talentagentur der Houshou-Akademie gehört. Nachdem sie bei einem Projekt Probleme mit einem Flugzeug hat, fängt sie allein im Regen stehend an zu weinen. Dort trifft sie auf ihre Rettung: Yagasaki-kun.

„Ich bin einfach unsterblich in das Fliegen verliebt."

✈ Shin Yagasaki

Yagasaki-kun besucht die Luftfahrtklasse der Houshou-Akademie. Sobald das Thema Flugzeuge ins Spiel kommt, vergisst der Flugzeug-Nerd alles um sich herum. Als einer der besten Schüler hat er die Aufgabe, Suzuna-san das Fliegen beizubringen.

Das Shooting begann. Suzuna-san war nicht ohne Grund ein Idol. Sie war atemberaubend attraktiv und wun- derschön.

Inhaltsverzeichnis

Prolog: An einem Regentag

An einem Regentag begegnete ich einem Mädchen, das allein unter dem Einsamen Kampfer weinte. Mir fehlten die Worte. Meine Hände, Beine, Gedanken und mein Atem standen still. Es war, als ob selbst die Zeit stehen geblieben wäre. Nur der Regen wollte nicht aufhören und plätscherte weiter vor sich hin.

Es war ein Montag im Mai. Seit dem Morgen bedeckten dunkle Wolken den Himmel, und mittags begann es zu regnen – ein kalter, wenig frühlingshafter Tag. Einen solchen Regentag verbringt man am besten gemütlich zu Hause, was ich auch gerne getan hätte, wäre es mir möglich gewesen. Aber es war ein ganz normaler Schultag und wir hatten Unterricht. Danach mussten wir zurück ins Wohnheim, da das Leben im Wohnheim an unserer Schule Pflicht war. Ich trug also einen Regenschirm und schlenderte über den großen Campus unserer Schule.

Mein Name ist Shin Yagasaki. Ich würde dieses Jahr 16 Jahre alt werden. Noch war ich 15 und besuchte das erste Jahr der Oberstufe, also die zehnte Klasse, an der Houshou-Akademie, die sich am westlichsten Punkt der japanischen Hauptinsel befand. Meine Fachrichtung war die Luftfahrtklasse, in der man fünf lange Jahre alles über Flugzeuge lernte. Dank des technischen Fortschritts war der Himmel zu einem Teil unseres Alltags geworden. Schon als Mittelschüler durfte man Flugzeuge steuern, aber erst dann, wenn man die nötigen Voraussetzungen erfüllte und eine Lizenz erwarb.

Schulen, in denen das Wissen über den Himmel im Vordergrund stand, nannte man Luftfahrtschulen. Zu diesen Luftfahrtschulen gehörte auch die landesweit bekannte Houshou-Akademie, die neben der Luftfahrt auch anderen Unterricht anbot, weswegen sie von vielen Schülern besucht wurde. Gerade wegen ihrer Bekanntheit waren die Aufnahmeprüfungen anspruchsvoll, sodass nur die Besten einen begehrten Platz bekamen.

Ich besuchte also die Oberstufe der Luftfahrtklasse dieser Houshou-Akademie. Falls ihr gerade genervt seid und euch denkt: *Okay, wir haben es verstanden, Elite-Schule und so. Wow, wie toll*, dann solltet ihr wissen, dass ich nicht zur Elite gehörte. Ganz im Gegenteil, ich war ein Idiot.

Nun ja, ich war ein „ehemaliger Eliteschüler". In der Mittelstufe, also von der 7. bis zur 9. Klasse, hatte ich zwar Elitekurse besucht, aber bei der letzten Aufnahmeprüfung für die Oberstufe war ich durchgefallen. Normalerweise musste man dann die Schule verlassen, aber aufgrund besonderer Umstände wurde ich in die Luftfahrtklasse aufgenommen. Nur Schüler, die sich in einer besonderen

Situation befanden, wurden in diesen Kurs aufgenommen, um spezielle Kenntnisse zu erwerben, sagte unser Ausbilder.

Warum ist alles so kompliziert geworden?

Falls du dir diese Frage gerade gestellt hast: Es war einiges passiert. Aber wenn ich anfangen würde zu erzählen, was genau passiert war, würden wir nicht zum Ende kommen. Also heben wir uns das für ein anderes Mal auf.

Es war ein regnerischer Tag und ich, der Idiot, beschloss, zu Fuß vom Schulgebäude zum Wohnheim zu gehen. Es war etwa 17 Uhr. Die dicken Regenwolken blockierten das Sonnenlicht, und die Welt sah düster und farblos aus – als hätte jemand sie dunkelgrau übermalt. Die kühle Luft erinnerte wenig an einen Maitag, als wäre eisige Kälte aus dem Norden herübergezogen.

In der farblosen Dämmerung strahlten die Landebahnbefeuerungen grell. Da bei dem Regen kein Schüler fliegen würde, könnte man meinen, sie leuchteten umsonst. Aber es hieß, dass sowohl zivile als auch militärische Flugzeuge die Landebahn für Notlandungen nutzen könnten, weshalb die Lichter bis 20 Uhr brennen mussten.

Ich blickte zu den Lichtern in der Ferne. Der Campus der Luftfahrtklasse war riesig, etwa so groß wie ein regionaler Flughafen. Selbstfahrende Autos, die wir „Dollys" nannten, transportierten Personen oder Lasten auf dem Campus. Sie hatten die Größe eines Kleinwagens, aber es gab verschiedene Typen, wie den Van-Typ oder den Transporter-Typ. Da sie selbstfahrend waren, konnten die Schüler sie ebenfalls benutzen. Wenn man eine Anfrage über eine App schickte, kamen sie schnell zum angegebenen Standort und transportierten alles fleißig.

Wir durften die Dollys für den Schulweg nutzen, aber an regnerischen Tagen waren sie stets überfüllt. Als ich versuchte, eine Anfrage zu senden, sah ich, dass ich mindestens 15 Minuten hätte warten müssen. Anscheinend hatten die Schuler anderer Campus zur selben Zeit Schulschluss. Schlechtes Timing. Zu Fuß war ich wohl schneller, also beschloss ich, stattdessen nach Hause zu laufen.

Ich schützte mich mit einem halbtransparenten Regenschirm aus Kunststoff vor dem Regen und lauschte dem leisen Plätschern der Regentropfen, während ich in nördlicher Richtung auf das Wohnheim zuging. Obwohl der Grund rund um den Hangar aus Beton bestand, war die Straße in der Nähe asphaltiert. Die Umgebung wurde von dem LED-Licht der vereinzelt aufgestellten Lampen erhellt.

Es gab keine sichtbaren Hindernisse auf meinem Weg, abgesehen von der durchdringenden Kälte. Es war eiskalt – nicht so kalt, dass mein Atem zu Nebel gefror, aber kalt genug, um sie tief zu spüren. Regen und Wind drangen unter meinen Schirm und ließen die Kälte unangenehm meine rechte Hand, die den Schirm hielt, erkalten. Gerade einmal drei Minuten war ich unterwegs, und schon bereute ich, nicht auf einen Dolly gewartet zu haben. Doch jetzt noch einen zu rufen, schien mir trotz der widrigen Umstände zu spät. Ich beschloss, der Kälte zu trotzen und setzte meinen Weg fort.

Der Einsame Kampferbaum kam in Sicht. Auf der linken Straßenseite, etwas abseits, stand der üppige Baum. Ich fragte mich, wie er dort gepflanzt worden war. Der Baum wurde von allen „der Einsame Kampfer" genannt. Ich orientierte mich an ihm, wenn ich vom dritten Campus zurück zum Wohnheim ging, denn er markierte die Hälfte des Wegs. Er war nicht besonders groß, aber seine Äste bildeten eine flache, voluminöse Dreieckspyramide und er war von einer Wiese umgeben.

Wenn ich unter dem Kampferbaum dem Regen zuhören würde, könnte ich mich womöglich entspannen … Aber wahrscheinlich nicht an einem kalten Tag wie diesem, da würde ich eher das Bedürfnis verspüren, eine Toilette aufzusuchen, statt mich zu entspannen. Während ich über solchen Unsinn nachdachte und fast an dem einsamen Kampferbaum vorbeigegangen wäre, entdeckte ich am Stamm des Baums etwas Ungewöhnliches.

Ich erschrak.

Was ist denn das?, dachte ich.

Ich blieb stehen, um es genauer zu betrachten, aber ich konnte seine wahre Gestalt nicht ausmachen. Es war ein unheimlicher Schatten. Plötzlich packte mich die Angst.

Aber ist es nicht so, dass die Menschen die Angewohnheit haben, sich mit geheimnisvollen Dingen beschäftigen zu wollen, obwohl sie genau wissen, dass sie unheimlich sind?

Ich weiß nicht, was andere in dieser Situation getan hätten, aber meine Neugier siegte und ich näherte mich dem Schatten. Dieser entpuppte sich als ein Mensch, der bewegungslos auf dem Boden saß, die Knie zusammengepresst und das Gesicht darauf gedrückt.

Als ich mich weiter näherte, erkannte ich, dass es sich um ein Mädchen in einem extrem kurzen Rock handelte. Er war so kurz, dass man von vorn vielleicht ihre Unterwäsche gesehen hätte. Mir fiel die Schönheit ihrer langen, wohlgeformten Schenkel auf.

Ich ging auf sie zu, bis ich neben ihr stand. Als sie mich bemerkte, blickte sie langsam auf. Ihre Wangen waren feucht von Wassertropfen, die nicht vom Himmel fielen, sondern aus ihren Augen quollen. Der Blick ihrer tränenfeuchten Augen fixierte mich.

In diesem Moment stand alles in mir still. Das Mädchen hatte wunderschönes langes schwarzes Haar, das zu einem Pferdeschwanz gebunden war. Sie hatte atemberaubend harmonische Gesichtszüge. Sie trug eine hellgraue Jacke, die Schuluniform. Trotz der Uniform konnte man ihren schlanken Körper erkennen. Sie war eine unverwechselbare Schönheit. Es war das erste Mal, dass ich einem so attraktiven Mädchen begegnete.

Sie sah mich mit weinenden Augen an ...

Jetzt habe ich es vermasselt, war mein erster Gedanke.

Ein Mädchen allein weinen zu sehen, ist eine ernst zu nehmende Angelegenheit. Hätte ich dies im Voraus gewusst, hätte ich mich wahrscheinlich dafür entschieden, einfach an ihr vorüberzugehen, ohne sie anzusprechen.

Warum?

Mein Erscheinungsbild war keineswegs beeindruckend: kleinwüchsig und mit einem völlig durchschnittlichen Gesicht. Abgesehen von Flugzeugen wusste ich kaum über etwas Bescheid, geschweige denn, dass ich eine Lösung für eine derartige Situation gehabt hätte.

Aber trotzdem ...

Trotzdem konnte ich sie nicht allein lassen und sprach sie an.

„Ähm ... ist alles in Ordnung?"

Sie wandte den Blick von mir ab und sah auf den Boden.

„Mach dir keine Sorgen", sagte sie mit einer Stimme, die vom Rauschen des Regens fast übertönt wurde.

„Mach dir keine Sorgen." Mit anderen Worten: „Lass mich in Ruhe." Frei übersetzt hieß das: „Verschwinde."

Nun, das hatte ich erwartet. Wenn man weint und von einem Fremden angesprochen wird, ist es normal, genervt zu reagieren. Bei einem besonders hübschen Mann könnte man vielleicht eine Ausnahme machen, aber für unattraktive Menschen wie mich war diese Gnade, die nur den Auserwählten zuteilwird, unvorstellbar. Ich war mir der Bescheidenheit meines Äußeren bewusst.

Dennoch konnte ich mich nicht gänzlich lossagen und sprach sie noch einmal an.

„Soll ich jemanden für dich holen?"

Ich dachte, *wenn ich ihr nicht helfen kann, dann vielleicht jemand anderes.* Aber meine Worte stießen wieder auf Widerstand.

„Ich gehe jetzt."

Eine absolute Ablehnung. Ich hatte es verstanden. Sie brauchte mich nicht.

„... Gut."

Ich verbeugte mich leicht und verabschiedete mich.

Aber ich ging nicht zum Wohnheim, sondern rannte in die entgegengesetzte Richtung. Die vom Regen durchnässte Hose meiner Arbeitskleidung kümmerte mich nicht, während ich zum nächsten Schulgebäude eilte.

Aus dem Schirmständer am Eingang nahm ich einen Plastikschirm. Diese Schirme durfte jeder auf dem Campus verwenden. Man konnte sie aus jedem Schirmständer nehmen und in jeden beliebigen zurückstellen. Da sie ständig ihren Standort wechselten, wurden sie auch „Pendelschirme" genannt.

Der Schirm, den ich benutzte, und auch der, den ich gerade aus dem Schirmständer gezogen hatte, waren ebensolche Pendelschirme. Danach wollte ich noch ein heißes Getränk am Getränkeautomaten auf dem Campus kaufen.

Was trinken Mädchen wohl gerne?, fragte ich mich und entschied mich für einen Milchkaffee.

Ich eilte zum Einsamen Kampfer zurück. Ich trug wasserdichte Stiefel und war froh, dass sie trocken geblieben waren. Anders sah es mit der Hose meiner Arbeitskleidung aus: Die Beine unterhalb der Knie waren völlig durchnässt.

Warum tue ich mir das an?, fragte ich mich. *Und das, obwohl sie gesagt hat, ich solle mir keine Sorgen machen.*

Doch ich konnte sie nicht einfach allein lassen. Zwar war es mir nicht möglich, ihre Sorgen zu lindern, aber zumindest konnte ich ihr einen Schirm und etwas Wärmendes geben. Es fühlte sich wie eine selbstgefällige, halbherzige Geste an. Aber ... einer traurigen Person ein Getränk und einen Schirm anzubieten, ist doch eine vertretbare Form von Selbstgefälligkeit, oder?

Das Mädchen saß noch immer zusammengekauert da, die Knie angezogen. Während ich versuchte, meine keuchende Atmung zu kontrollieren, trat ich näher an sie heran.

„Ähm ..."

Als ich sie ansprach, blickte sie langsam auf. Offenbar rannen ihr immer noch Tränen über die Wangen. Zuerst reichte ich ihr den Schirm.

„Du hast keinen Schirm dabei, oder?"

Ich sah mich vorsichtshalber um, aber ich sah keinen Schirm unter ihren Sachen. Als sie den Schirm jedoch nicht annehmen wollte, legte ich ihn neben sie.

„Und das hier."

Ich nahm den Milchkaffee aus meiner Brusttasche, den ich dort zum Warmhalten aufbewahrt hatte.

„Der ist warm."

Sie nahm den Milchkaffee mit beiden Händen entgegen und richtete ihren Blick wieder auf den Boden. Ich sah sie kurz an, verabschiedete mich mit einem „Also dann ..." und ging. Nicht einmal am Ende konnte ich etwas Taktvolles sagen. Es schien, als würde ich es nie schaffen, cool zu sein. Aber sie war zweifellos eine atemberaubende Schönheit.

Während ich darüber nachdachte, ging ich erst ins Bad, aß dann zu Abend und bereitete mich auf den morgigen Unterricht vor. Da ich ein Einzelzimmer hatte, gab es niemanden, mit dem ich mich hätte unterhalten können. Ich schaltete das Licht aus, legte mich auf den Rücken unter die Bettdecke und schloss die Augen.

Meine Gedanken kamen nicht zum Stillstand. Vielleicht hatte der Milchkaffee etwas bewirkt, vielleicht auch nicht. Vielleicht war es eine übertriebene Nettigkeit, vielleicht eine angemessene Aufmerksamkeit. Doch egal, ob etwas passiert war oder nicht, es waren Dinge aus einer anderen Welt, die nichts mit mir zu tun hatten.

Ich konnte mir nicht vorstellen, was das Mädchen, das die Uniform der allgemeinen Fachrichtung trug, auf dem Campus der Luftfahrtklasse zu suchen hatte. Selbst wenn ich es gewusst hätte, hätte ich nichts für sie tun können.

Ohne Gedanken, in die ich mich weiter vertiefen konnte, schlief ich schnell ein.

Ich empfing einen neuen Morgen, und vom Regen war nichts mehr zu sehen.

Das Mädchen würde ich wohl nie wiedersehen. Was mich nun erwartete, war der gewöhnliche Alltag. Davon war ich überzeugt.

Einfaches Glossar

Houshou-Akademie

Die Houshou-Akademie nutzt Flugzeuge als Lehrmittel und hat es sich zum Ziel gesetzt, junge Menschen auszubilden und ihr Wohlergehen zu fördern. Sie zählt zu den vier größten Flugschulen und ist bekannt für die herausragenden Fähigkeiten ihrer Piloten.

Die Akademie verfügt über eine selbstfinanzierte Kunstflugstaffel. Durch den Verkauf von Eintrittskarten für Flugshows und Fanartikeln werden Teile der Betriebskosten gedeckt. Im Auftrag des Staates übernimmt sie zudem einen Teil des Flugdiensts der Polizei, bildet Polizeibeamte aus und sorgt für Ordnung in der Luft.

Zur Akademie gehört auch eine Werkstatt, die sich um die Wartung der Flugzeuge und Sonderanfertigungen kümmert. Diese Werkstatt genießt als Hersteller von Spezialanfertigungen einen hervorragenden Ruf für exzellente Qualität.

Einerseits gilt die Houshou-Akademie als Eliteschule, die brillante Studierende ausbildet. Andererseits wird kritisiert, dass die Lehrinhalte zu anspruchsvoll und der Schulbetrieb zu kommerziell sei, was den Vorwurf aufkommen lässt, die Akademie würde ihre Schüler ausnutzen, um sich zu bereichern.

Geografie der Houshou-Akademie

Auf der Südseite des Geländes erstreckt sich eine 2.500 Meter lange Start- und Landebahn in West-Ost-Ausrichtung. Südlich davon liegt die malerische Seto-Inlandsee. Nördlich der Start- und Landebahn befinden sich drei Vorfelder, an die sich Hangars und Wohnheime anschließen.

Das nordöstliche Vorfeld, bekannt als erster Campus, ist der Versammlungsort der Kandidaten des Kunstflugteams und ist stolz auf seine vielen Eliteschüler. Das nordwestliche Vorfeld gehört zum zweiten Campus, der vor allem Schüler anzieht, die aus wohlhabenden Familien stammen und das Fliegen als Leidenschaft verfolgen.

Auf dem westlichen Vorfeld befindet sich der dritte Campus, der neben der Ausbildung von Fliegeroffizieren auch den Flugdienst der Polizei beherbergt. Die Wohnheime für die Studierenden der Fachrichtungen Luftfahrt, Flugzeugwartung und Flugsicherung sind auf der Südseite des Campus angesiedelt.

Die vier größten Luftfahrtschulen Japans

Am westlichsten Punkt der Hauptinsel gelegen, ist die Houshou-Akademie sowohl finanziell als auch technologisch die führende Flugschule Japans. Sie ist zudem für ihre Vorliebe für Extravaganz bekannt.

In der Region Hokuriku gelegen, ist die Kaga-Akademie eine angesehene Institution, die in Bezug auf Tradition und Größe unübertroffen ist. Sie ist die größte Fliegerschule Japans.

Auf der Insel Hokkaido beheimatet, verfügt die Hiryukan-Luftfahrtschule über die längste Start- und Landebahn Japans und pflegt eine enge Beziehung zu Russland.

Auf einem im Pazifik stationierten Flugzeugträger gelegen, ist die Taihou-Luftfahrtakademie die einzige Schule mit einem elektromagnetischen Katapult.

Kapitel 1: So einfach ließ sich der Alltag auf den Kopf stellen

In der Luftfahrtklasse der Houshou-Akademie begann der Tag früh. Um sechs Uhr ertönte laut die Posaune. Der diensthabende Schüler brüllte in voller Lautstärke durch die Lautsprecher: „Aufstehen! Versammelt euch auf dem Platz vor dem Wohnheim!"

Diese Durchsage war mein Signal, sofort aufzustehen. Eigentlich sollte man schon vor dem Posaunenton wach sein und sich fertig machen, aber das bleibt unser Geheimnis. Ein wenig Flexibilität war nötig, um den Schulalltag harmonisch zu gestalten.

Nach dem Aufstehen machte ich schnell das Bett, zog meinen marineblauen Overall an, setzte meine marineblaue Mütze auf und schlüpfte in meine schwarzen Stiefel. Nachdem ich das Zimmer auf Sauberkeit überprüft hatte, verließ ich es.

Ich eilte die Treppe hinunter und stellte mich vor dem Wohnheim des dritten Campus auf. Da ich der einzige Schüler der Oberstufe in der Luftfahrtklasse war, stand ich allein. Unweit von mir standen die Schüler, die sich in der Ausbildung zum Fliegeroffizier befanden. Sie trugen die gleiche Uniform wie ich, jedoch mit einer Besonderheit: Auf ihren Mützen war „Houshou-ALE" eingestickt, was für *Aerial Law Enforcer* stand – die Luftpolizei.

Der dritte Campus war der Versammlungsort für Schüler, die zur Luftpolizei gehen wollten. Von der ersten Klasse der Mittelstufe bis zur dritten Klasse der Oberstufe trainierten sie sechs Jahre lang hart dafür.

Der Unterricht war anspruchsvoll, besonders am dritten Campus, der für die Ausbildung zukünftiger Offiziere bekannt war. Dies lag daran, dass ehemalige Offiziere der Armee oder Polizei als Ausbilder rekrutiert wurden und den Lehrplan gestalteten. Entsprechend angespannt war die Atmosphäre schon am frühen Morgen. Die Nervosität war in der kühlen Morgenluft spürbar, und ich merkte, wie sich auch mein Gesicht versteifte.

Bald darauf erschienen die Ausbilder. Muskulöse Erwachsene mit strengen Gesichtern traten entschlossen auf und stellten sich vor den ALE-Schülern auf. Mit lauter Stimme brüllten sie: „Appell!" Das war der Morgenappell der ALE-Schüler.

Für mich sah der Morgenappell anders aus ... Mein Appell fand zu zweit mit meinem zuständigen Ausbilder statt. Der etwa Dreißigjährige stellte sich zu mir und rief mit kraftloser, träger Stimme „Yagasaki". Sein Gesicht wirkte wie jeden Morgen müde.

„Jawohl!"

Auf den Morgenappell wurde viel Wert gelegt, also antwortete ich korrekt. Doch mein Ausbilder blieb träge: „Gut, dass du da bist. Ich bin froh, dass du kein Geist geworden bist." Damit war der Appell der Luftfahrtklasse beendet.

Ist das wirklich in Ordnung?, fragte ich mich. Dieser lahme Appell direkt neben den strengen ALE-Schülern tat mir leid. Aber es ließ sich wohl nicht ändern. Die Luftfahrtklasse, die ich besuchte, war eine imaginäre Fachrichtung, die normalerweise keine Schüler aufnahm. Man wusste nicht einmal, auf welchem Campus der Unterricht stattfinden sollte. Daher musste ich armer Schüler auf einen der drei Campus ausweichen.

In meinem Fall wurde entschieden, dass ich auf dem dritten Campus stören durfte, da sich der Hangar des Flugzeugs, das ich fliegen durfte, auf diesem Campus befand. Das Flugzeug gehörte organisatorisch zum dritten Campus, und deshalb musste ich als Pilot auch zum dritten Campus gehören. Außerdem war das Flugzeug ausschließlich für diesen Hangar vorgesehen und konnte nicht in einem anderen untergebracht werden.

Kurzum: Ich hatte keine andere Wahl, als auf den dritten Campus zu gehen. So war das eben.

Selbst wenn der gnadenlose ALE-Ausbilder aus der Hölle in meiner Nähe herumlief, um Schüler zur Schnecke zu machen, deren Leistungen ihn nicht zufriedenstellten, oder wenn die Schüler mich mit bitteren Blicken ansahen – ich konnte nichts tun. Es tat mir wirklich leid für sie und ich fühlte mich schlecht.

Liebe ALE-Schüler, bitte betrachtet mich als Luft und ignoriert mich, betete ich jedes Mal für meinen Seelenfrieden.

„Beginnen wir mit dem Morgentraining."

„Jawohl!"

Dem lahmen Befehl meines Ausbilders folgend, begann ich mit dem Morgentraining, das aus Gymnastik bestand. Zuerst die „Houshou-Gymnastik", die zur Tradition der Akademie gehörte, dann Muskeltraining wie Liegestützen und Bauchmuskelübungen. Zum Schluss wurde gelaufen.

Das morgendliche Training war nicht nur für die Luftfahrtklasse, sondern auch für die Fachrichtungen Flugsicherung und Flugzeugwartung obligatorisch. Diese drei Zweige der Luftfahrt unterlagen der Wohnheimpflicht.

Während ich fleißig der traditionellen Gymnastik der Houshou-Akademie nachging, wurden die ALE-Schüler angewiesen, den Appell zu wiederholen: „Viel zu leise! Noch einmal! Appell!" Sie hatten offenbar noch nicht das Niveau erreicht, das die Trainer erwarteten.

Das Training wurde von Schülern aller sechs Jahrgangsstufen der Mittel- und Oberstufe gemeinsam durchgeführt. Solange die Schüler die Erwartungen der Ausbilder nicht erfüllten, mussten sie die Übungen wiederholen.

Wenn die Leistungen ihrer Mitschüler aus der Mittelstufe schlecht waren, mussten auch die Oberstufenschüler mitleiden. Besonders im Frühjahr, wenn neue Schüler aufgenommen wurden, war es selbst für die alten Hasen eine große Herausforderung.

Als ich mit dem Laufen begann, starteten die ALE-Schüler gerade mit der Gymnastik, begleitet vom wütenden Gebrüll der unbarmherzigen Lehrer. Während ich meine Laufrunde beendete, waren sie immer noch beim Muskeltraining, und folgten eifrig den Kommandos der Ausbilder. *Liebe ALE-Schüler, bald habt ihr es geschafft!*

Nachdem ich das Morgentraining abgeschlossen hatte, verabschiedete sich mein Ausbilder mit einem müden „Na dann, pass gut auf dich auf". Um 6:45 Uhr kam ich in der Mensa des Wohnheims an, die noch komplett leer war, da die ALE-Schüler draußen waren.

Das Frühstück bestand aus leichter Kost: Reis, Misosuppe, Eierrollen, gebratener Fisch, gegrillter Seetang und eingelegtes Gemüse. Es war sehr lecker. Als ich fertig gegessen und die Teller zurückgebracht hatte, strömten die ALE-Schüler in die Mensa. Die ersten waren die Schüler der dritten Klasse der Oberstufe, gefolgt von den Mittelstufenschülern mit ihren kindlichen Gesichtern. Die Hierarchie war streng, besonders hier auf dem dritten Campus.

Zurück in meinem Zimmer räumte ich noch einmal auf, bevor ich zum Theorieunterricht ins Klassenzimmer ging. Wenn man das Zimmer nicht sauber hielt, kam der „Taifun". Versteht ihr, was ich meine?

Ich ging mit leeren Händen, da Lehrbücher, Fachliteratur, Notizblöcke und Stifte im Internet verfügbar waren. Heute hatte jeder Japaner ein digitales Gehirn. Über ein mobiles Telekommunikationsgerät, ein sogenanntes Modem, war das Gehirn mit dem Internet verbunden, das den Zugang zu allen notwendigen Werkzeugen und Informationen ermöglichte. So sah die Welt im technisch fortgeschrittenen Japan der Gegenwart aus.

○

Der heutige Unterricht bestand aus theoretischem Unterricht am Vormittag (Allgemeinbildung), Ausdauertraining und Flugsimulation am Nachmittag. Trotz des schönen Wetters stand heute kein Flug auf dem Programm.

Ich betrat den „Fernunterrichtsraum" auf dem dritten Campus, der eine Reihe von Einzelkabinen beherbergte. Ich begab mich in eine dieser Kabinen und schloss die Tür ab, denn wenn man eingeloggt war, war man schutzlos.

Ich verband mich mit dem digitalen Gehirn, folgte den Anweisungen und loggte mich in den Klassenraum der allgemeinen Fachrichtung ein. In meinem Fall wurde entschieden, dass ich den allgemeinbildenden Unterricht zusammen mit den anderen Schülern der Houshou-Akademie besuchen sollte. Da sich der Campus der allgemeinen Fachrichtung im Norden befand und weit von der Luftfahrtklasse entfernt war, hätte es viel Zeit gekostet, dorthin zu fahren. Deshalb durfte ich per Fernunterricht am Unterricht teilnehmen.

Das Klassenzimmer der allgemeinen Fachrichtung war wie ein Hörsaal an einer Universität organisiert, und jeder konnte sich seinen Platz frei wählen. An den Tischen der Schüler, die per Fernunterricht teilnahmen, waren Kameras angebracht. Die Avatare der Fernstudierenden, ermöglicht durch fortschrittliche erweiterte Realität (Augmented Reality, AR), waren für die anderen Schüler sichtbar.

Die Schüler in der Klasse begrüßten mich, den Remote-Schüler, mit einem Lächeln, und ich erwiderte diesen Gruß. Diese kollegiale Atmosphäre war etwas, das ich in der Luftfahrtklasse selten erlebte.

Der Unterricht begann. Das erste Thema war die moderne Geschichte Japans. Die Lehrerin sprach über wichtige Ereignisse, die für das Verständnis der modernen japanischen Geschichte unerlässlich waren.

„Ab Mitte des 21. Jahrhunderts nahm die Sonnenaktivität ab, was zu einem extremen Temperaturrückgang auf der Erde führte. In allen Regionen der Erde, mit Ausnahme der Äquatorregionen, kam es zu einer Vereisung. Dass dieser Zustand rund 100 Jahre anhielt, ist erstaunlich.

Die Kälte hüllte Japan in Schnee und Eis. Man sagt, dass selbst in Okinawa die Jahresdurchschnittstemperatur unter null Grad sank, das Meer zufror und die Meeresoberfläche weiß wurde."

Vor meinen Augen wurden Fotos von damals gezeigt, die auch in Schulbüchern zu finden waren: eine durch und durch weiße Landschaft. Das Meer hatte sich bis zum Horizont in eine Eisfläche verwandelt, und weiße Wolken bedeckten den Himmel.

„Um dem Schnee und der Kälte standzuhalten, wurden an verschiedenen Orten Notunterkünfte errichtet. Die Überreste davon hat sicher jeder schon einmal bei einem Schulausflug in der Grundschule oder Mittelstufe gesehen. Dass unsere Vorfahren dort gelebt haben, ist für uns heute kaum vorstellbar."

Diese Notunterkünfte wurden meist unterirdisch gebaut. Auch ich habe sie einmal auf einer Klassenfahrt in der Grundschule gesehen. Mein Eindruck war, dass sie zwar größer als erwartet, aber dennoch zu beengt zum Wohnen wirkten. Sie erinnerten mich an Einkaufszentren, die sich endlos unter der Erde erstrecken. Wie Geschäfte in einem Einkaufszentrum reihten sich die Zimmer der einzelnen Familienmitglieder aneinander. Es muss schwer gewesen sein, in diesen Notunterkünften zu leben, geschweige denn, sein ganzes Leben dort zu verbringen.

„Vieles ist inzwischen verloren gegangen, einschließlich der Technik, die bis dahin das Rückgrat der Zivilisation gewesen war. Man nahm an, dass alle verfügbaren digitalen Daten und gedruckten Medien so gut wie möglich aufbewahrt wurden. Trotzdem behauptet man, dass nicht alles dokumentiert werden konnte, was zum Verlust vieler technischer Errungenschaften führte.

Aber auch die lange Eiszeit endete nach 100 Jahren. Die Sonnenaktivität normalisierte sich, und die Erde erwärmte sich wieder. In Japan verließen die Menschen ihre Zufluchtsorte und begannen, nachdem das Eis an der Erdoberfläche geschmolzen war, alles neu aufzubauen. Das ist eine grobe Zusammenfassung dessen, was damals geschah", erklärte die Lehrerin weiter.

Übrigens war es 60 Jahre her, dass die Menschen die Notunterkünfte verlassen hatten, denn wir befanden uns am Beginn des 23. Jahrhunderts.

Außerdem – das ist vielleicht nicht der Rede wert – wurde fast die gesamte Flugzeugtechnik neu entwickelt. Mit den Daten und den Flugzeugrümpfen, die erhalten geblieben waren, wurde die Forschung vorangetrieben. So konnte der Mensch wieder in die Lüfte steigen.

Seitdem hatte sich die Luftfahrttechnik weiterentwickelt. Insbesondere die Preise für kleine, leichte Flugzeuge für den normalen Haushalt waren stark gesunken, sodass immer mehr Menschen über ein eigenes Flugzeug verfügten. Durch eine Vielzahl von Flugschulen war es einfacher geworden, einen Pilotenschein zu erwerben. Unter anderem wurden auch die gesetzlichen Bestimmungen angepasst, und Dienstleistungen wie das Mieten oder Leasen von Flugzeugen wurden zugelassen. Heute lebten wir also in einer Welt, in der jeder ohne großen Aufwand Fluggeräte steuern konnte.

Aber diesen Teil der Geschichte lernten wir nur im Unterricht der Luftfahrtklasse. Das Thema stand nicht auf dem Lehrplan der allgemeinen Fachrichtung.

„Sie haben sicher schon in der Grundschule genug über diese Zeit gehört, dass es Ihnen zu den Ohren herauskommt. Also machen wir hier Schluss. Für den Rest der Stunde werden wir lernen, wie die nächsten zehn Jahre nach der Eiszeit aussahen", sagte die Lehrerin. Ihre sanfte Frauenstimme klang angenehm.

Womit aber niemand gerechnet hatte: Die Geschichtslehrerin trug am ganzen Körper eine Rüstung. Keine westliche Metallrüstung, sondern eine rote japanische Samurai-Rüstung. Ihr Gesicht war von einer unheimlichen Maske bedeckt, die sie wie einen Oni, einen japanischen Dämon, aussehen ließ.

Ihr wundert euch sicher, aber ich konnte weder schlecht sehen, noch war ich verrückt im Kopf. Tatsächlich benutzte die Lehrerin nur einen Avatar. Die Avatare konnten vielseitig eingesetzt werden, zum Beispiel als Cosplay. Man konnte einen Avatar am Körper tragen, den man entweder selbst gemacht oder im Internet gekauft hatte. Wenn man den Avatar in den Privatsphäre-Einstellungen auf öffentlich stellte, wurde die Verkörperung mithilfe der AR-Technologie für alle sichtbar.

Ich dachte jedoch, dass sich nur eine kleine Minderheit für digitales Cosplay interessierte. Ich hätte nicht erwartet, dass die Cosplayer in die Klassenzimmer der allgemeinen Fachrichtung kommen würden. Doch die Realität sah anders aus. Fast alle Lehrer der allgemeinen Fachrichtung trugen ein Kostüm mit ihrem Avatar.

Unter anderem die Lehrerin für moderne japanische Geschichte. Gerüchten zufolge war sie eine echte Rüstungsliebhaberin. Egal ob westlicher oder östlicher Stil, sie konnte sich für alle begeistern. Sie trug ihre Rüstungen auch während des Unterrichts, um den Schülern nebenbei die Schönheit von Rüstungen zu vermitteln und sie zu missionieren. Man sagte ihr nach, dass sie ihre Rüstung je nach Stimmung wechselte, aber niemand konnte anhand dessen ihre Stimmungen entschlüsseln.

Es gab auch den verheirateten Mathematiklehrer, der trotz seines mittleren Alters als Avatar eine Oberschülerin darstellte, seine Stimme manipulierte, sich wie ein Mädchen verhielt und dadurch ein perfektes Mädchen spielte, während er Mathematik unterrichtete.

Oder den Weltgeschichtslehrer, der alle Monster-Avatare eines Rollenspiels heruntergeladen hatte und für jede Unterrichtsstunde einen anderen Avatar benutzte. Es war, als hätten wir jedes Mal eine Kostümparty. Es wurde nie langweilig.

Angeblich gaben sich die Lehrer besonders viel Mühe. Wenn sie sich nicht so anstrengen würden, um gute Bewertungen von den Schülern zu bekommen, würden ihre Verträge gekündigt oder ihre Boni gestrichen.

Auf jeden Fall fand ich es gut, dass wir Spaß am Lernen hatten. Solange ich meine Punkte für den Unterricht bekam, war ich zufrieden.

Ach ja, während des interessanten und seltsamen Unterrichts fiel mir plötzlich etwas ein.

Ich befand mich im Klassenzimmer der allgemeinen Fachrichtung. Alle trugen hellgraue Uniformen. Auch das Mädchen, das gestern unter dem Einsamen Kampfer saß, trug eine hellgraue Uniform. Plötzlich ging mir ein Licht auf. Das bedeutete ...

Ich suchte nach ihr. In dieser Stunde waren Schüler aus verschiedenen Klassen versammelt. *Vielleicht habe ich Glück*, dachte ich und hielt Ausschau nach dem Mädchen, das gestern unter dem Einsamen Kampfer geweint hatte.

Wenn ich mich fragen würde, ob ich ihr hätte helfen können, wenn ich sie gefunden hätte, wäre die Antwort nein. Aber ich wollte wissen, wie es wäre, wenn ich sie gefunden hätte. Instinktiv suchte mein Herz nach ihr.

Doch ich konnte sie nicht finden.

Vielleicht war sie in einer anderen Klasse, einer anderen Fachrichtung oder einer anderen Jahrgangsstufe. Da sie ziemlich reif wirkte, war sie vielleicht in einer höheren Klasse als ich. Auf jeden Fall konnte ich sie nicht entdecken.

Es war zwar schade, aber es würde wohl dabei bleiben. Ich würde nicht alles daran setzen, sie zu finden. Vielleicht war es sogar gut, dass ich sie nicht gefunden hatte.

Angenommen, ich würde sie wiedersehen und fragen, wie es ihr danach ergangen war. Die Leute um uns herum würden fragen, woher wir uns kennen. Das wäre eine Situation, mit der ein Flugzeug-Nerd wie ich nicht umgehen könnte. Ich könnte weder ehrlich sagen, was wirklich vorgefallen war, noch wäre ich in der Lage, mir spontan eine passende Ausrede auszudenken. Ich würde einfach schnell die Flucht ergreifen. Allein der Gedanke daran machte mir Angst.

Undenkbar, dass ich, ein unscheinbarer Nerd, ihr hätte helfen können. Das Einzige, was ich tun konnte, war, ihr einen Milchkaffee zu bringen. Damit hatte ich meine Aufgabe erfüllt. Das war das Ende.

So verging die Zeit bis zur Mittagspause. Ich machte mich auf den Weg in die Mensa des dritten Campus. Heute gab es ein Menü mit Tonkatsu, japanischem Schnitzel mit Ei. Nachdem ich mir einen Platz am Fenster gesichert hatte, begann ich zügig zu essen. Da am Nachmittag das Ausdauertraining auf dem Programm stand, musste ich jetzt Energie tanken.

Danach las ich Nachrichten im Internet. Mit dem digitalen Gehirn konnte man auf die Inhalte anderer Gehirne zugreifen und sich mit den Daten seiner Freunde synchronisieren, um dieselben Inhalte zu konsumieren.

Ich hatte mir angewöhnt, jeden Tag um die Mittagszeit die Nachrichten zu lesen. In meinem Blickfeld erschien eine halbtransparente Nachrichtenseite. Berührte man die Artikel, wurde die Berührung als Klick interpretiert und die Seite sprang weiter. Alle Funktionen wurden vom Modem ausgeführt. Das Gehirn war nur für die Wahrnehmung der Informationen über die fünf Sinne zuständig.

Es gab jedoch keine Nachrichten, die besonders interessant aussahen. In der Prominentenrubrik gab es nur dumme Artikel, wie die Verhaftung eines Stars wegen Cannabiskonsums. Wie dumm.

Unter diesen uninteressanten Nachrichten fiel mir eine Schlagzeile ins Auge: „Mizuki Suzuna macht Karrierepause, ist das wirklich wahr?" Normalerweise würde ich solchen Artikeln keine große Beachtung schenken. Aber diesmal war es anders.

Denn auf dem Foto, das dem Artikel beigefügt war, war das Mädchen von gestern zu sehen.

Ich lenkte meine Aufmerksamkeit vom Tonkatsu auf die Nachrichtenseite und berührte sie. Zuerst betrachtete ich das Foto, auf dem ihr Oberkörper zu sehen war. Vielleicht war es bei einem Fotoshooting oder einer Pressekonferenz aufgenommen worden. Das hübsche Mädchen mit dem elegant hochgesteckten Haar lächelte sanft und trug eine weiße Bluse unter einer schwarzen Strickjacke.

Wenn mich meine Augen nicht täuschten, war es genau das Mädchen unter dem Einsamen Kampfer.

Ich begann den Text zu lesen:

„Mizuki Suzuna, 15-jähriges Model und Idol der Houshou-Produktion, startete im Januar mit ihrem Foto auf der Titelseite eines Manga-Magazins durch. Daraufhin wurde sie als Model für eine Frauenzeitschrift ausgewählt und erfreut sich seitdem wachsender Beliebtheit. Unter Insidern kursieren jedoch Gerüchte, dass sie seit Anfang Mai eine Karrierepause eingelegt habe."

Aha. Sie war also ein Model und Idol. Bei ihrem Aussehen wunderte mich das nicht.

Ich las weiter. Der Artikel war unerwartet lang. Zusammengefasst: Suzuna-san war ein Model und Idol, das zur Unterhaltungsproduktion der Houshou-Akademie gehörte. Nach meinen Recherchen hatte die Houshou-Akademie ihre eigene Unterhaltungsagentur. Wollten Studierende der Akademie in die Welt des Entertainments einsteigen, mussten sie dieser Agentur beitreten. Die Agentur wurde als „Talentverwaltung" bezeichnet.

Suzuna-san sorgte mit ihrer zierlichen, zurückhaltenden Schönheit und ihrem ruhigen Wesen für Schlagzeilen. Nachdem sie von einer Frauenzeitschrift als Model ausgewählt worden war, erhielt sie positive Resonanz und war sowohl bei Männern als auch bei Frauen beliebt. Mitte April startete sie das „Project Fly High" der Houshou-Akademie, deren Agentur sie angehörte. Im Rahmen des Projekts sollten Idols einen Pilotenschein erwerben und für die Akademie werben.

Seit Anfang Mai schien Suzuna-san ihre Aktivitäten jedoch komplett eingestellt zu haben. Neben dem Projekt soll sie auch ihre Shootings allmählich abgesagt haben. Auf der Homepage des Projekts war ihr Name zwar unter den teilnehmenden Idolen zu finden, aber Suzuna-san hatte nur zu Beginn des Projekts einen Blogeintrag verfasst und ihren Blog seitdem nicht mehr aktualisiert. Serina Kagawa, ebenfalls Model und Idol, die am selben Projekt teilnahm, hatte bereits fünf Einträge veröffentlicht.

Als der Redakteur des Internetartikels Kagawa befragte, antwortete sie nur lächelnd: „Der Fortschritt bleibt ein Geheimnis." Auch im Interview mit der Agentur war die Antwort ähnlich.

Es gab Gerüchte, dass Suzuna-san in Schwierigkeiten stecken könnte. Aber die Wahrheit blieb im Verborgenen. So stand es in dem Artikel.

Aus Neugier öffnete ich die Homepage von „Project Fly High". Im Menü der Seite wählte ich Blogs aus, um Suzuna-sans Blog zu lesen. Wie aus dem Artikel hervorging, hatte sie ihren Blog nur einmal aktualisiert. Da sie auch andere Aufträge abgesagt hatte, war der Verdacht nicht unbegründet, dass sie in Schwierigkeiten steckte.

Ach, so war das also. Ich hatte es verstanden. Es hing mit dem Ereignis von gestern zusammen.

Ich wusste nun, warum sie, obwohl sie die allgemeine Fachrichtung besuchte, auf dem Campus der Luftfahrtklasse war. Sie war wohl wegen „Project Fly High" dort.

Aber warum stand sie an dem Regentag alleine unter dem Einsamen Kampfer?

Es war der dritte Campus. Unter den Schülern war er als strenger Bereich für die Ausbildung der Fliegeroffiziere bekannt. Wer ihn unbefugt betrat, hatte mit unabsehbaren Folgen zu rechnen, weshalb er normalerweise gemieden wurde. Wenn sie nur ihren Pilotenschein machen wollte, hätte sie zum zweiten Campus gehen müssen. Der zweite Campus war der richtige Ort für Leute, die einfach nur fliegen wollten. In der dortigen Flugschule konnten nicht nur Schüler einen Pilotenschein erwerben, sondern auch Leute, die nichts mit Houshou zu tun hatten. Der ideale Ort für Idols, die einen Pilotenschein benötigten.

Was hatte das zu bedeuten? Ich verstand es nicht. Aber ich dachte, dass es wohl Schwierigkeiten gab.

Ein wilder Gedanke schoss mir durch den Kopf, ohne jeglichen Zusammenhang. *Angenommen, sie macht sich Sorgen wegen des Flugzeugs. Könnte ich dann nicht etwas für sie tun?* Ich mochte Flugzeuge so sehr, dass sogar meine Klassenkameraden zu mir sagten: „Du wirst bald noch ein Flugzeug heiraten". Ich war ein Nerd, der Geld und Schweiß in Flugzeuge investierte. Deshalb wagte ich stolz zu sagen: „Wenn es um Flugzeuge geht, kannst du es getrost mir überlassen!"

Ich hatte einen Pilotenschein für Kleinflugzeuge und könnte als Ausbilder für so etwas wie ein Grundtraining dienen. Mit meinem Wissen und meiner Erfahrung könnte ich ihr vielleicht helfen.

Das Feuer meiner Fantasie war entfacht. Ich stellte mir vor, wie ich Suzuna-san, die mit der Steuerung des Flugzeugs nicht zurechtkam, Ratschläge gab und sie sich bei mir bedankte: „Vielen Dank! Ich wusste, dass ich mich auf dich verlassen kann!" Geschmeichelt antwortete ich dann bescheiden: „Nein, nein, keine Ursache!"

Oh, das wäre wirklich eine traumhafte Situation!

Aber, auch wenn es traurig klingt: Ich wusste, dass die Realität nicht so rosig aussah.

Zuerst hatte ich überhaupt keinen Berührungspunkt mit Suzuna-san. Ich war mir zwar fast hundertprozentig sicher, dass sie auf dem zweiten Campus zu finden war, aber selbst wenn ich, ein Bewohner des dritten Campus, es gewagt hätte, den zweiten Campus zu betreten, wäre ich schnell verscheucht worden, wenn mich ein Lehrer erwischt hätte: „Was machst du hier? Wenn du hier nichts zu suchen hast, dann geh zurück!"

Angenommen, ich könnte die Augen der Lehrer täuschen und an sie herankommen. Selbst dann hätte ich noch eine sehr hohe Hürde vor mir.

Es wären die Defizite meines Äußeren.

Mit 163 cm hatte ich aufgehört zu wachsen. Auch mein Gesicht war durchschnittlich. Andere sagten, mein Gesicht sehe aus, als hätte ich nichts im Kopf. Ich trug nur eine anspruchslose Kurzhaarfrisur, die ich regelmäßig vom Friseur nachschneiden ließ. Ich hatte keinen blassen Schimmer von Mode, deshalb wusste ich auch nicht, wie ich meine Haare stylen sollte. Mir wurde sogar schon mal gesagt, dass meine Haare wie Stroh aussähen.

Total uncool, findet ihr nicht auch?

Wenn so jemand wie ich zu einem Model und Idol ginge, das man wohl als Kristallisation der Schönheit bezeichnen könnte, würde er zweifellos auf eine schroffe Ablehnung stoßen, nach dem Motto: „Was willst du von mir? (Komm mir nicht zu nahe, du Zwerg!)" In Wirklichkeit war ich bereits mit einem „Mach dir keine Sorgen" sanft abgewiesen worden.

Außerdem stellte ich es mir so vor: Ein Idol wie Suzuna hatte sicherlich viele Möglichkeiten, attraktive Männer kennenzulernen. Für sie, die in einer Welt voller Glamour lebte, war ich, ein kleingewachsener, unansehnlicher Flugzeug-Nerd, wohl kaum mehr als ein unbedeutendes Staubkorn.

Das war die einzig logische Schlussfolgerung, die ich daraus ziehen konnte: Die Wahrscheinlichkeit, dass ich für Suzuna-san von Nutzen sein könnte, war ... genau Null!

Niedergeschlagen von dieser harten Realität schloss ich die Nachrichtenseite, aß mein Tonkatsu-Menü schweigend auf, brachte meine leeren Teller zur Geschirrrückgabe und verließ die Mensa ohne ein Wort.

Der Traum blieb eben nur ein Traum.

So ist das Leben, dachte ich. Mit 15 Jahren hatte ich diese Tatsache bereits begriffen.

○

Am Nachmittag stand Ausdauertraining auf dem Programm, das sowohl Krafttraining als auch Joggen umfasste. Man durfte dabei nicht nachlassen, also gab ich mein Bestes.

Nach dem Training eilte ich unter die Dusche, fast so, als würde ich mich schnell blanchieren. Anschließend war Flugtraining im Simulator angesagt. Da ich das Flugzeug, das ich flog, nur zweimal in der Woche steuern durfte, übte ich an den übrigen Tagen im Flugsimulator.

Obwohl es „nur" ein Simulator war, fühlte sich das Training durch die fortschrittliche Verbindungstechnik mit dem digitalen Gehirn fast wie die Realität an. Da die Bewegungen teilweise nicht ganz ungefährlich waren, durfte ich das nicht unterschätzen.

Nach der Flugsimulation war das Training für heute beendet. Ich traf mich mit meinem Ausbilder, um über den Unterricht zu berichten und nach dem Programm für den nächsten Tag zu fragen. Jeden Tag die gleiche Routine.

Auch heute sollte alles wie gewohnt ablaufen ...

Bis mir der Ausbilder mit ungewohnt ernstem Gesicht eine Nachricht überbrachte, die mich überraschte: „Yagasaki, ab morgen fällt dein Unterricht bis auf Weiteres aus."

„Jawohl! ... wie bitte?"

Instinktiv antwortete ich, doch dann realisierte ich, dass etwas nicht stimmte, und hakte nach.

„Dein Unterricht ist beendet. Besser gesagt, pausiert", erklärte er. „Der Schuldirektor hat eine Aufgabe für dich, die oberste Priorität hat, deshalb wurde diese Entscheidung getroffen."

„Der Schuldirektor?"

Der Schuldirektor war sowohl dem Namen nach als auch tatsächlich der Chef der Houshou-Akademie. Es kam äußerst selten vor, dass er einen Schüler persönlich um etwas bat.

Etwas, das die höchste Priorität hatte ... Darunter konnte ich mir nichts vorstellen.

„Den Rest wird dir der Herr Direktor persönlich erklären. Geh in Konferenzraum 3 und warte dort. Er wird dir alles genau erklären. Das wäre alles."

„Jawohl!"

„Bitte benimm dich in jeder Hinsicht anständig."

„Okay?"

Während ich noch darüber nachdachte, was „in jeder Hinsicht" bedeuten könnte, war mein Ausbilder schon verschwunden. Ich verstand zwar nicht genau, was er meinte, aber ich beschloss, auf jeden Fall höflich zu sein.

Auf dem dritten Campus wartete ich im vereinbarten Konferenzraum, einem kleinen weißen Raum, der genau die richtige Größe für ein Treffen mit sechs Teilnehmern hatte.

Da der Schuldirektor kommen würde, richtete ich meinen Rücken automatisch auf. Kurz darauf erschien er in Begleitung meines Ausbilders. Ich stand auf und begrüßte ihn höflich.

Er wirkte wie ein Großvater und wurde dieses Jahr 70 Jahre alt.

Sein weißes, buschiges Haar war stets nach hinten gekämmt. Erkennbar war er an seinen schmalen, fadenförmigen Augen und seinem stets präsenten friedvollen Lächeln. Ein freundlicher Opa wie aus dem Bilderbuch.

Vielleicht weil er uns gerne neckte oder weil er ein wenig tollpatschig war, sorgte er ständig für Gesprächsstoff.

Zum Beispiel bei meiner Einschulungsfeier in der Mittelstufe, als der Schuldirektor das Podium mit bedächtigen Schritten betrat, um eine Rede zu halten. Alle Schüler, einschließlich meiner Wenigkeit, warteten gespannt auf seine weisen Worte. Die Stille war so erdrückend und steigerte meine Nervosität, dass sie beinahe meine Ohren zu betäuben schien.

Kaum hatte der Direktor sein Gesicht angehoben und seinen Mund geöffnet, entwich ihm ein lautes „Haa... tschiii!" Ein gewaltiges Niesen durchbrach die Stille. Das Publikum brach in ein befreiendes Gelächter aus. Es war einfach herrlich. Ich erfuhr später, dass diese kleine Einlage eine jährliche Tradition von ihm war. Er war eben solch ein Mensch.

Seine Garderobe bestand typischerweise aus einem Jackett, Anzughosen und Lederschuhen, die er je nach Jahreszeit farblich anpasste. Heute war er in einen grauen Anzug gekleidet, kombiniert mit einer eleganten schwarzen Weste und einem formellen weißen Hemd darunter. In seiner rechten Hand hielt er wie so oft seinen Spazierstock.

Nach dem Schuldirektor betraten zwei weitere Personen den Raum. Der eine, ein Mann in den frühen Dreißigern, trug eine Brille und einen schwarzen Anzug, der ihm ein intellektuelles Aussehen verlieh.

Die andere Person war für mich eine völlige Überraschung – das Mädchen, das ich gestern unter dem Einsamen Kampfer weinen gesehen hatte.

Sie sah genauso aus wie auf dem Foto, das ich mittags auf der Nachrichtenseite gesehen hatte. Es war zweifellos das Idol Mizuki Suzuna.

Mit gesenktem Blick trat Suzuna-san in den Raum, dann schaute sie in meine Richtung und unsere Blicke trafen sich. Aus irgendeinem Grund begann mein Herz schneller zu schlagen. Um mein Herzklopfen zu verlangsamen, senkte ich den Blick. Um nicht den Anschein zu erwecken, ich würde ihrem Blick ausweichen, neigte ich gleichzeitig leicht den Kopf, was eher wie eine seltsame Verbeugung wirkte.

Auch Suzuna-san senkte ein wenig den Kopf. Ihr finsterer Ausdruck von gestern hatte sich nicht verändert.

„Lange nicht gesehen, Yagasaki-kun. Setz dich doch."

„Äh ... jawohl, Herr Schuldirektor! Lange nicht gesehen. Vielen Dank!", stammelte ich unbeholfen und setzte mich.

Am anderen Ende des Tisches nahmen der intellektuell wirkende Mann und Suzuna Platz. Der Schuldirektor blieb stehen.

„Yagasaki-kun, es tut mir leid, dass es so kurzfristig kommt, aber ich habe eine Bitte an dich", begann er. „Es handelt sich um eine dringende Angelegenheit, und leider gibt es wenig Spielraum für Verhandlungen, wofür ich mich entschuldigen möchte. Könntest du dieser Bitte vielleicht nachkommen?"

„Alles klar!", antwortete ich sofort. Eine Bitte des Schuldirektors abzulehnen, kam in der gesamten Akademie niemandem in den Sinn, und persönlich schuldete ich ihm viel. Ablehnung war keine Option für mich.

„Die Details wird dir der Herr hier erklären. Wenn ich Sie bitten darf?"

Der Schuldirektor und der Mann mit der Brille tauschten einen bestätigenden Blick aus und nickten einander zu, bevor der Direktor den Konferenzraum verließ.

„Ich werde direkt zur Sache kommen", begann der Mann. Ich konzentrierte mich aufmerksam auf ihn.

„Ich bin der Produzent der Agentur für Talent-Verwaltung der Houshou-Akademie. Mein Name ist Tsuchizaki."

Ich kannte die Agentur für Talent-Verwaltung von meiner Recherche am Mittag. Was genau „Produzent" bedeutete, war mir nicht klar, doch es schien eine leitende Position zu sein – vermutlich vergleichbar mit einem Vorgesetzten.

Ich tat es ihm gleich und stellte mich ebenso vor: „Mein Name ist Shin Yagasaki, und ich befinde mich im ersten Jahr der Oberstufe in der Luftfahrtklasse."

„Yagasaki-san, sind Sie mit der Agentur für Talent-Verwaltung vertraut?"

„Ja, allerdings nur oberflächlich durch Informationen, die ich online gefunden habe."

„Verstehe", erwiderte Tsuchizaki-san mit einem Nicken.

Er neigte dazu, etwas hastig zu sprechen. „Vielleicht ist eine ausführliche Erklärung hier nicht notwendig, aber ich möchte es dennoch kurz erwähnen. Es ist eine Herausforderung, den Schulalltag und gleichzeitig eine Karriere in der Unterhaltungsindustrie zu bewältigen, daher entstand die Idee, eine Management-Agentur direkt an der Schule zu etablieren. Das führte zur Gründung der Agentur für Talent-Verwaltung, oft auch kurz als Houshou-Agentur bezeichnet. Es wäre hilfreich, wenn Sie diese Informationen im Hinterkopf behalten könnten."

„Ja."

Da ich keine tiefgreifenden Kenntnisse in der Unterhaltungsbranche hatte, antwortete ich etwas halbherzig. Selbst mit meinem Halbwissen sollte es kein Problem sein, denn ich ging davon aus, dass sich das Gespräch ohnehin um ein anderes Thema drehen würde.

„Nun", fuhr Tsuchizaki-san fort und deutete mit seiner rechten Hand auf das Mädchen, das neben ihm saß, „dies ist Mizuki Suzuna, vertreten durch unsere Agentur. Sie hat ihre Karriere als Model und Idol im Januar begonnen."

Suzuna-san neigte leicht den Kopf.

In mir keimte das Gefühl auf, dass alles seinen erwarteten Lauf nahm.

„Wir bitten Sie, Suzuna-san Ratschläge zum Fliegen zu geben."

Ich konnte nicht sofort verarbeiten, was Tsuchizaki-san gerade gesagt hatte. Verwirrt legte ich den Kopf zur Seite.

„Ratschläge zum Fliegen, sagten Sie?"

„Ja. Um ehrlich zu sein, trainiert Suzuna-san derzeit für ihren Pilotenschein."

Wahrscheinlich ging es um das Projekt, von dem ich gelesen hatte.

„Sie können es sich als eine Werbeaktion für die Akademie vorstellen. Eine Initiative, um mehr Menschen für die Houshou-Akademie zu begeistern."

Das hatte ich bereits in dem Artikel gelesen. Ich war im Bilde.

„Deshalb besucht sie vorübergehend die Flugschule am zweiten Campus, um dort zu trainieren."

Tsuchizaki-san, der sonst so flüssig sprach, zögerte nun.

„Um es direkt zu sagen: Suzuna-san steckt in der ersten Phase fest. Sie kann weder richtig starten noch landen."

„Okay …"

Die Steuerung eines Flugzeugs war auf ihre Art schwierig, deshalb überraschte mich das nicht. Besonders das Landen galt als echte Herausforderung.

„Wir haben nicht nur Unterstützung von den Ausbildern erhalten, sondern auch von den Schülern des zweiten Campus. Leider sind wir in einer Sackgasse gelandet. Die Ausbilder machen sich keine große Hoffnung und haben sogar das Training abgebrochen. Ich mache mir ernsthafte Gedanken darüber, was das Problem sein könnte."

„Okay …"

„Als der Schuldirektor von der Situation erfahren hatte, haben wir ihn um Rat gebeten. Er meinte, es gäbe einen Schüler, der für diese Aufgabe infrage käme. Deshalb haben wir uns entschlossen, diesen Kandidaten, also Sie, um Ihre Unterstützung zu bitten."

„Okay … Äh, wie bitte?"

Warum hatten sie ausgerechnet mich dafür ausgewählt?

Ich erstarrte wie eine Puppe. Ich konnte es nicht fassen.

Die erste Hälfte der Geschichte hat noch Sinn ergeben, aber warum war ich plötzlich involviert?

Herr Direktor, was soll das?

„Bitte bringen Sie Suzuna-san die Grundlagen bei! Ich flehe Sie an!" Tsuchizaki-san verbeugte sich tief. Auch Suzuna-san senkte den Kopf.

Aber mein Herz und mein Körper erstarrten. Ich konnte mich nicht bewegen. Ich verstand es nicht. Warum ich?

Auch ich wünschte, ich könnte Suzuna-san einen Rat geben. Aber das war nur mein Wunsch. Wenn es wirklich wahr würde, wäre ich besorgt.

Warum? Weil ich als Mensch leider nicht besonders gut dafür ausgestattet war, Gespräche zu führen.

Erstens, meine äußere Erscheinung war nicht gerade ansprechend. Ich hatte dies bereits am Mittag erwähnt, daher werde ich nicht weiter darauf eingehen.

Dann kam das größte Hindernis, das man als Berater haben konnte: meine mangelnden Kommunikationsfähigkeiten.

Bei Themen rund um Flugzeuge fühlte ich mich sicher; hier war mein Selbstvertrauen unerschütterlich. Die Erfahrung hatte jedoch gezeigt, dass, sobald ich über Flugzeuge zu sprechen begann, meine Gesprächspartner mit einem „Wir haben schon genug darüber geredet, es reicht" schnell genervt reagierten und das Gespräch abrupt beendeten. Offensichtlich empfanden alle meine Ausführungen als uninteressant. Die Tatsache, dass selbst andere Studenten der Luftfahrtfakultät meines Jahrgangs irgendwann die Geduld verloren, deutete darauf hin, dass mein Geschwätz unglaublich ermüdend war.

Erschwerend kam hinzu, dass ich außerhalb von Flugzeugen wenig über andere Themen wusste. Egal ob es um beliebte Bands, Stars, Fernsehserien oder Anime ging – ich war vollkommen ahnungslos. Mein Mangel an Allgemeinwissen machte es mir unmöglich, normale Gespräche zu führen.

Wohin sollte das führen?

Dass Suzuna-san Ratschläge von jemandem wie mir erhalten würde – einem uncoolen Typen, der nicht einmal ein Gespräch führen konnte –, ließ die Wahrscheinlichkeit, dass ich sie nur nerven würde, sie am Ende nichts lernen könnte und ich die Situation nur verschlimmern würde, alarmierend hoch erscheinen. Anders konnte ich es mir nicht vorstellen.

Jemand wie ich, unattraktiv und schlecht in der Kommunikation, könnte unmöglich ein berühmter werdendes Idol beraten. Es war offensichtlich ein Irrtum. Was sollte ich nur tun?

Herr Direktor, wollten Sie vielleicht, dass ich mich explodiere?

Mir war ein wenig zum Weinen zumute.

„Nein, also, ich bin nicht so kompetent, wie Sie vielleicht denken." Ich versuchte indirekt zu suggerieren, dass andere besser geeignet wären.

Doch Tsuchizaki-san zog ein ernstes Gesicht und widersprach meinen Worten: „Was sagen Sie da? Der Herr Direktor hat uns viel von Ihnen erzählt. Sie werden doch gerade in der Führung von Kampfflugzeugen ausgebildet, oder?"

„Das ist zwar richtig, aber ..."

Das war eine Tatsache. Mir wurde zugeteilt, eine Nachbildung eines alten Kampfflugzeugs zu fliegen. Die genauen Umstände, Gründe und Ziele möchte ich hier nicht erörtern. Ehrlich gesagt zweifelte ich daran, das Flugzeug wirklich gut steuern zu können, weshalb ich mich auch nicht wirklich über das Kompliment freuen konnte.

„Auch wenn ich ein Kampfflugzeug steuern kann, bedeutet das noch lange nicht, dass ich alles kann."

„Das mag sein, aber könnten Sie ihr nicht ..." Tsuchizaki-san sah mich mit einem Gesichtsausdruck an, der den Satz mit einem „ein wenig helfen?" von allein vollendete.

„Äh ... Ich verstehe wirklich nicht, warum gerade ich dafür ausgewählt wurde ..."

Ich warf Suzuna-san einen kurzen Blick zu. Sie schaute immer noch zu Boden.

Ich dachte an den Tag zurück, als sie allein unter dem Einsamen Kampfer saß und im Regen weinte. Sicherlich fühlte sie sich hoffnungslos, als ob sie nichts erreichen könnte, egal wie sehr sie sich anstrengte, während sie dort allein ihre Tränen vergoss. Vielleicht war sie noch entmutigter, weil Kagawa-san, die zusammen mit ihr gestartet hatte, erfolgreich vorankam und sie die Einzige mit Schwierigkeiten war. Wenn ihr niemand half, würde sie vielleicht für immer unter diesem Baum sitzen bleiben und Tränen vergießen.

Das durfte ich nicht zulassen. Jemand musste ihr helfen. Wenn es mir erlaubt wäre, würde ich ihr gerne meine Hilfe anbieten. Aber würde sie meine Ratschläge überhaupt schätzen oder würde sie mich als lästig empfinden? Vielleicht würde sie auch gar nicht richtig zuhören ...

Doch ich wusste, dass ich es tun musste. Ich wollte ihr helfen, unabhängig davon, was sie von mir halten mochte. Ich wollte, dass sie voranschritt, dass sie den Schatten des Kampferbaums verließ und unter den offenen blauen Himmel trat. Deshalb musste auch ich meinen Mut zusammennehmen und den ersten Schritt wagen. Wenn ich diesen Schritt nicht machte, würde sich nichts verändern.

Die Entscheidung war bereits gefallen, denn ich hatte dem Schuldirektor zuvor geantwortet: „Alles klar." Nach dieser Zusage hatte ich keine andere Wahl mehr, als mein Wort zu halten. Es wäre undenkbar, jetzt zurückzutreten und zu sagen: „Leider kann ich das doch nicht", da ich damit mein Gesicht verlieren würde, vielleicht sogar meinen Platz an der Akademie. Ich musste es durchziehen. *Reiß dich zusammen, Shin!*

Ich teilte Tsuchizaki-san meine Entscheidung mit: „Ich verstehe. Es ist etwas schwierig, aber wir werden gemeinsam eine Lösung finden."

Nach dieser Antwort ärgerte ich mich über meine eigene Unentschlossenheit und Feigheit. Es hatte zu lange gedauert, bis ich mich zu dieser Entscheidung durchringen konnte. Ich hatte zu viel nachgedacht. Ich hätte nicht so grübeln und schneller eine Entscheidung treffen sollen. Ich Idiot.

Trotzdem erhellte sich das Gesicht von Tsuchizaki-san mit einem strahlenden Lächeln.

„Vielen Dank! Das ist wunderbar! Ich war wirklich besorgt, was wir machen würden, falls auch Sie ablehnten."

Seine Erleichterung war offensichtlich.

„Nun, da das geklärt ist, Yagasaki-san, würden wir Sie bitten, morgen zu beginnen", sagte Tsuchizaki-san mit Elan.

„Morgen also. In welcher Form soll die Unterstützung stattfinden?"

Nach meiner Frage fuhr Tsuchizaki-san fort.

„Machen Sie sich keine Sorgen, alles Nötige ist vorbereitet. Bitte erscheinen Sie morgen um 7:30 Uhr am Landeplatz des zweiten Campus. Suzuna-san wird auch dort sein. Die technischen Mittel stehen Ihnen bis zum Abschluss des Trainings zur Verfügung. Bitte unterweisen Sie Suzuna-san sorgfältig."

„Alles klar."

Die Tatsache, dass alles so gut vorbereitet war und wir den ganzen Tag intensiv trainieren sollten, zeigte, wie motiviert Tsuchizaki-san war. Ob Suzuna-san genauso motiviert war, konnte ich allerdings nicht mit Sicherheit sagen.

„Ich habe noch eine Frage: Wer wird außer mir noch dabei sein? Wird es einen Trainer geben?"

„Nein, es wird keinen weiteren Ausbilder geben, da sich Suzuna-san in Anwesenheit eines solchen vielleicht unwohl fühlen könnte."

„Heißt das, wir sind nur zu zweit?"

„Ja. Ist das ein Problem für Sie?"

Meine rechte Augenbraue zuckte unwillkürlich. Das versprach Ärger. Natürlich würde ich keinen Streit mit ihr anfangen, aber was, wenn sie mich wie einen unwichtigen Störfaktor behandelte und ich sie trotzdem unterrichten musste? Ich fühlte, dass die Wahrscheinlichkeit dafür nicht gerade gering war. Manche Menschen zeigen ein Gesicht in der Öffentlichkeit und ein anderes im Privaten. Falls sie auch so wäre, wüsste ich nicht, ob ich das aushalten würde. Mein Magen und meine Psyche würden auf eine harte Probe gestellt.

„Nein, alles klar."

Es war ohnehin schon zu spät. Ich hatte mich bereits darauf eingelassen, auch wenn mein Gesichtsausdruck aussah, als hätte ich gerade von einer ungewöhnlich salzigen Misosuppe gekostet.

„Übrigens wissen Sie vielleicht, dass ich keinen Ausbilderschein habe und Suzuna-san kein Flugzeug fliegen darf ..."

„Ja, das ist mir bewusst", antwortete Tsuchizaki-san, „deshalb schlage ich vor, dass Sie das Flugzeug steuern, um Suzuna-san ein praktisches Beispiel zu geben. Anschließend nutzen wir den Simulationsmodus, damit Suzuna-san Ihr Vorgehen in einer virtuellen Umgebung nachahmen kann. Falls Sie andere Vorschläge haben, können wir diese gerne in Betracht ziehen."

Diese Methode erschien mir sinnvoll und angemessen.

Dennoch war ich skeptisch, ob dieser Plan wirklich aufgehen würde. Meine größte Sorge war, ob ich in der Lage sein würde, effektiv mit Suzuna-san zu kommunizieren.

Zudem gab es ein kaum beachtetes, aber dennoch bedenkliches Risiko. Angenommen, ich würde mit einem populären Idol fliegen, was geschähe im Falle eines Unfalls? Würden achtstellige Summen ausreichen, um den entstandenen Schaden zu begleichen?

Moderne Flugzeuge waren mit umfassenden Sicherheitseinrichtungen ausgestattet. Im regulären Flugbetrieb kam es äußerst selten zu einem Absturz. Und selbst im Falle eines solchen Ereignisses wäre das Cockpit durch einen Airbag geschützt. Sollte eine Notwasserung notwendig sein, würde der Airbag das Flugzeug an der Wasseroberfläche halten, sodass ein Untergehen vermieden wird. In der Regel würde man mit leichten Verletzungen davonkommen.

Aber sie war ein Model und Idol. Sollte sie auch nur den kleinsten Kratzer davontragen, würde ich garantiert zur Todesstrafe verurteilt. Daher musste ich äußerst vorsichtig sein.

„Ist so weit alles in Ordnung?", erkundigte sich Tsuchizaki-san.

„Äh, ja, ich denke, das wird schon irgendwie funktionieren." Obwohl tief in mir nicht alles in Ordnung war, nickte ich.

„Vielen Dank! Dann, Yagasaki-san, bitte geben Sie gut acht auf Suzuna-san! Suzuna-san?"

„Ja. Auf eine gute Zusammenarbeit!"

Tsuchizaki-san und Suzuna-san verbeugen sich leicht. Ich nahm es als Zeichen ihrer Entschlossenheit, nach jedem Strohhalm zu greifen.

„Auf eine gute Zusammenarbeit", erwiderte ich und bemühte mich um ein Lächeln. Dass es eher ein verlegenes Lächeln war, wusste ich auch ohne Blick in den Spiegel.

Suzunas Seite

An jenem Regentag fühlte ich mich, dass ich einfach für immer verschwinden wollte. Nichts, was ich tat, wollte mir gelingen, nichts funktionierte wie erwartet. Ich war nur eine Last für die anderen und unfähig, daran etwas zu ändern. Mir schien, als gäbe es keinen Platz, an den ich wirklich gehörte. Während ich ziellos umherwanderte, stieß ich auf einen großen Baum, unter dem ich mich niederließ.

Der Himmel weinte unerbittlich. Ohne Schirm und ohne ein Zuhause, in das ich zurückkehren konnte, tat ich es dem Himmel gleich und ließ meinen Tränen freien Lauf.

Dann näherte sich ein Mitschüler, brachte mir einen Schirm und einen heißen Milchkaffee. Er stellte keine Fragen und begann kein aufdringliches Gespräch, sondern legte einfach das, was er mitgebracht hatte, ab und ging dann schweigend.

Diese kleine Geste der Güte drang durch die Kälte in mein Herz und wärmte mich. Obwohl es schmerzhaft sein sollte, mit Freundlichkeit behandelt zu werden, fühlte sich seine Geste unerwartet warm an. Tränen anderer Art stiegen mir in die Augen.

Bevor ich es bemerkte, schien die schwere Last, die mich bedrückt hatte, wie durch Zauberhand verschwunden zu sein. Ich spannte den geliehenen Schirm auf und machte mich auf den Weg zurück zu meinem Zimmer im Wohnheim.

Seit dieser Begegnung ging er mir nicht mehr aus dem Kopf. Ich hätte ihm gerne gedankt, doch die Akademie war groß und voller Schüler; ein Wiedersehen schien unrealistisch.

Doch gerade als ich das dachte, traf ich ihn wieder.

Ich war zutiefst betrübt. Der Raum war dunkel und ich konnte ihn nicht klar erkennen.

Er wirkte wie ein Mittelschüler, etwas klein, aber mit einer freundlichen Ausstrahlung. Er hatte etwas Gutherziges und Unbeschwertes an sich, wie ein Prinz aus einem Bilderbuch.

Es sollte ein Geheimnis bleiben, aber ich konnte nicht leugnen, dass ich seine Art irgendwie süß fand.

Nicht nur das Wiedersehen überraschte mich, sondern auch die Tatsache, dass er mir das Fliegen beibringen sollte. Von Yagasaki-san, einem Erstklässler der Oberstufe der Luftfahrtklasse, der vom Schuldirektor hochgelobt wurde. Bei dem Gedanken, dass er mein Lehrer sein würde, wurde mir warm ums Herz.

Ich erzählte Serina von den Ereignissen des Tages.

„Echt? Toll, dass ihr euch wiedergetroffen habt", freute sie sich für mich, als wäre es ihr eigenes Glück. Serina war Teil desselben Projekts wie ich.

„Hast du ihn nicht auch gebeten, dich zu unterrichten? Das klingt ja wie in einem Drama! Fast schon schicksalhaft."

Schicksalhaft ... ja, das war es, dachte ich. Ich wollte dieses Treffen als etwas Besonderes betrachten. Doch gleichzeitig war ich besorgt. Meine Ungeschicklichkeit machte mir zu schaffen. „Du verstehst das Prozedere nicht" oder „Wenn du so weitermachst, wirst du nie eine richtige Pilotin", tadelte mich die Ausbilderin streng. Wir hatten auch Schüler vom zweiten Campus um Hilfe gebeten, aber es hatte nichts genützt.

Was, wenn er meine tollpatschige Seite entdeckte ... Vielleicht würde sich sein unschuldiges Gesicht verziehen und er würde seufzend sagen: „Warum kannst du nicht einmal das Einfachste?" Bei diesem Gedanken wollte ich mich am liebsten in meinem Zimmer einschließen.

„Warum dieser düstere Blick, Suzu? Du hast doch den Jungen, den du gesucht hast, wiedergefunden", sagte Serina, die sich neben mich setzte. „Außerdem, er scheint wirklich was drauf zu haben, oder?"

„Ja. Er ist einer der Besten der Akademie, hat der Direktor gesagt. Er soll sogar einen Kampfjet steuern können."

„Dann wird sicher alles gut gehen. Im Gegensatz zu den oberflächlichen Schülern auf dem zweiten Campus wird er dir sicherlich alles gründlich beibringen."

„Ja ..."

„Es ist alles in Ordnung, wirklich. Selbst wenn es nicht sofort funktioniert, wird es dich nicht umbringen."

Serina umarmte mich, legte ihre Arme tröstend um meine Schultern. Obwohl sie sehr beschäftigt war und es nicht leicht hatte, fand sie immer noch die Kraft, mir Mut zuzusprechen, besonders jetzt, da ich so oft deprimiert war. Ich bereitete allen nur Sorgen. Wie erbärmlich.

Mit einem Herzen voller widersprüchlicher Gefühle – Freude über das bevorstehende Wiedersehen mit ihm und Unsicherheit darüber, ob alles gut gehen würde – legte ich mich ins Bett, bereit, den neuen Tag zu empfangen.

Yagasakis Seite

Nun wurde die Lage ernst. Nach dem Gespräch packte mich eine tiefe Unruhe. Mit jedem Tick der Uhr wuchs meine Anspannung. Unter normalen Umständen hätte wohl jeder Junge die Chance, alleine mit einem weiblichen Idol ein spezielles Training durchzuführen, mit Begeisterung ergriffen. Doch ich war kein durchschnittlicher Junge. Mir fehlten sowohl kommunikative Fähigkeiten als auch Erfahrungen im Umgang mit Mädchen. Wie könnte jemand wie ich anderen Ratschläge geben?

Über diese Frage sinnierte ich. Mein ursprünglicher Plan war, mich ins Bett zu legen und im Internet nach Informationen zu suchen. Doch das Liegen erwies sich als riskant. Unter der warmen Decke aktivierte sich der Schlafmodus meines Körpers unweigerlich und ich schlief ein, bevor ich es überhaupt realisierte.

Folglich blieb ich gänzlich unvorbereitet. Meine Verzweiflung beim Aufstehen war unbeschreiblich ...

Während des Morgentrainings war ich mit meinen Gedanken ganz woanders. Selbst der Trainer bemerkte meine Zerstreutheit und erkundigte sich, ob alles in Ordnung sei. „Ich habe zwar nur Probleme, aber es ist alles bestens!", entgegnete ich innerlich.

Doch es gab keinen Ausweg, ich konnte nicht davonlaufen, also musste ich das Beste aus der Situation machen. „Mit der Kraft des Tonkatsu, das ich gestern zu Mittag gegessen habe, werde ich es durchstehen", redete ich mir ein, um meine wachsende Unsicherheit zu unterdrücken.

Pünktlich um 7:30 Uhr stand ich im Hangar des zweiten Campus und traf dort auf Suzuna-san.

Einfaches Glossar

Nanomaschinen

Winzige Maschinengruppen. Eine der wenigen Innovationen aus der Eiszeit, in der die Technologie stagnierte. Es gibt organische und metallische Versionen.

Ihre Hauptmerkmale sind:

- Sie können Moleküle und Atome frei umordnen.

- Sie können Mesonen und Atome einfangen, die normalerweise nicht existieren, und durch ihre Kombination ein besonderes Kraftfeld erzeugen.

- Sie können Hyperraumwellen erzeugen, die keinen physikalischen Beschränkungen unterliegen.

Diese drei herausragenden Merkmale sind nur die Spitze des Eisbergs.

Die Technologie der Nanomaschinen findet heutzutage Anwendung in nahezu jedem erdenklichen Bereich. Von der Lebensmittelproduktion und der Treibstoffgewinnung aus Pflanzen über neu entwickelte, verstärkte Kunststoffe und Batterien mit enormer Kapazität, hitzebeständige Supraleiter und Quantencomputer bis hin zur Verbindungstechnik mit digitalen Gehirnen und dem Programmieren von Nanomaschinen – die Anwendungsmöglichkeiten sind nahezu unbegrenzt.

Auch in der Luftfahrt hat die Nanomaschinentechnologie eine breite Anwendung gefunden. Vor allem die neu entwickelten, verbesserten Kunststoffe haben durch ihre Leistungsfähigkeit fast die traditionelle Aluminiumlegierung, das bisher als Standardmaterial für Flugzeugkonstruktionen galt, in die Museen verdrängt. Zudem sind diese Materialien kostengünstig, da sie mithilfe von 3D-Druckern geformt werden können. Die Tatsache, dass die Kosten für Flugzeuge erschwinglich geworden sind, ist ein direktes Resultat der Digitalisierung der Flugzeuge, der verbesserten Leistung elektrischer Maschinen und eben dieser innovativen Materialien.

Die Rolle der Nanomaschinen in der modernen Technologielandschaft ist unverzichtbar.

Auftrieb-Index

Flugzeuge bewegen sich durch den Himmel, indem sie mithilfe ihrer Tragflächen Auftrieb erzeugen (Kraft, die das Aufschwingen ermöglicht). Zur Veranschaulichung dieser Kraft existiert der sogenannte Auftrieb-Index.

Der Auftrieb-Index wird auf einer Skala von 0 bis 100 gemessen. Bei einem Index unter 15 setzt das Durchsacken und das Flugzeug verliert plötzlich an Höhe. Bei Zivilflugzeugen ist der Auftrieb-Index besonders beim Starten und Landen von entscheidender Bedeutung.

Es ist wichtig zu beachten, dass dieses Konzept erst nach der Eiszeit eingeführt wurde und daher nicht im 21. Jahrhundert existierte. Zudem sollte der Auftrieb-Index nicht mit dem Auftriebsbeiwert verwechselt werden, der direkt mit dem Anstellwinkel des Flugzeugs zusammenhängt.

Kapitel 2: Schritt für Schritt voran

Im Hangar des zweiten Campus erwartete mich Suzuna-san, gekleidet in einer marineblauen Pilotenuniform. Mit einer dunkelblauen Mütze und in schwarzen Stiefel stand sie neben dem Trainingsflugzeug.

Sie trug die Uniform mit einer natürlichen Eleganz, die sie noch bemerkenswerter machte als sonst. Nicht umsonst war sie ein Model und Idol; die Pilotenuniform war wie für sie gemacht, während ich neben ihr deutlich weniger beeindruckend aussah.

Mit einer Sache hatte ich allerdings nicht gerechnet. Überraschend stand neben Suzuna-san ein weiteres Mädchen in identischer Montur. Ihre braunen, gewellten Haare fielen frei um ihre Schultern, nur ein schwarzer Haarreif setzte einen dezenten Akzent.

An Schönheit stand sie Suzuna-san in nichts nach, doch ihr braunes Haar und ihr fröhliches Erscheinen gaben ihr eine freundliche Ausstrahlung. Wenn Suzuna-san der leuchtende Mond war, dann war dieses Mädchen die strahlende Sonne.

Ich erinnerte mich daran, dass ich das brünette Mädchen schon einmal gesehen hatte. Es war Serina Kagawa, ein weiteres Model und Idol, das ebenfalls am „Project Fly High" teilnahm. Ihr Bild hatte ich zuvor auf ihrem Blog gesehen.

Als Kagawa-san mich bemerkte, rief sie aus: „Er ist da."

Sie kam mit festen Schritten auf mich zu, ihre Stiefel klapperten laut, und innerhalb weniger Sekunden hatte sie die Distanz zwischen uns überbrückt. Zu meinem Erstaunen überragte sie mich leicht.

Mit zusammengekniffenen Augen musterte sie mich, als versuchte sie, in mich hineinzusehen. Ihr Gesicht kam dabei immer näher ...

„Hm ... hm? ... ähm ...", murmelte sie, bevor sie direkt fragte: „Bist du wirklich aus der Oberstufe der Luftfahrtklasse?"

„Äh, ja. Ich bin im ersten Jahr ..."

„Du siehst aus wie ein Mittelschüler. Ganz anders, als ich es erwartet hatte. Du wirkst nicht sehr zuverlässig."

„Ähm ... Zu meinem Aussehen gibt es nicht viel zu sagen ...", erwiderte ich. Es war mir oft gesagt worden, dass ich kindlich wirkte, etwas, das ich leider nicht ändern konnte.

„Es heißt zwar, dass man nicht nach dem Äußeren urteilen soll, aber ich bin ein wenig verunsichert."

„Das tut mir leid …", gab ich kleinlaut zurück. War mein Aussehen wirklich so beunruhigend?

„Kannst du Suzu das Fliegen beibringen? Hast du wirklich das Zeug dazu?"

„Ja, natürlich! Ich werde mein Bestes geben!", versicherte ich, obwohl ich innerlich alles andere als vorbereitet war. Doch ich hielt es für besser, diese Information für mich zu behalten.

Kagawa-sans Miene entspannte sich daraufhin ein wenig. Sie stemmte die Hände in die Hüften und sagte: „Ich verstehe. Dann werde ich dir auch versuchen zu vertrauen. Schließlich warst du es, der Suzu den Milchkaffee gebracht hat. Das wird schon klappen!"

„Was meinst du damit?"

„Dass du Suzu nichts Schlimmes antun wirst. Ich vertraue dir." Kagawa-san legte ein strahlendes Lächeln auf. Ihr fröhliches Gesicht glänzte förmlich.

„Aaaaaber …", fügte sie schnell hinzu, ihr Lächeln zu einer Grimasse verwandelnd, „wenn du Suzu etwas antust, haue ich dir eine rein! Man sieht es mir vielleicht nicht an, aber ich beherrsche Karate!"

Das würde mir nicht einmal im Traum einfallen! Ich schüttelte schnell den Kopf. „Das würde ich nie tun! Ich möchte doch nicht mein Leben aufs Spiel setzen!"

„Gut, dass du das verstanden hast."

Aus irgendeinem Grund tätschelte sie meinen Kopf. Sie war mir wirklich ein Rätsel …

„Also dann, kümmere dich gut um Suzu! Munter sie ein bisschen auf!"

Sie winkte mir zu und entfernte sich. Mit einem Winken verabschiedete sie sich auch von Suzuna-san, bevor sie den Hangar verließ.

Suzuna-san und ich blieben allein zurück. Irgendwie hatte ich das Gefühl, dass Verlegenheit in der Luft lag.

Doch jetzt, wo ich hierhergekommen war, musste ich mich der Situation stellen!

Ich nahm all meinen Mut zusammen, atmete tief ein und aus und wandte mich Suzuna-san zu.

„Guten Morgen, Suzuna-san."

Sie lächelte sanft. „Guten Morgen", erwiderte sie mit einer Stimme, die an Anmut nicht zu überbieten war.

Jetzt, nachdem die Begrüßungen ausgetauscht waren, was sollte ich als Nächstes sagen?

Etwas Belangloses wie „Schönes Wetter heute, nicht wahr?" Nein, das kam nicht infrage. Worüber sollten wir sprechen?

Während ich künstlich lächelte und mir der Schweiß ausbrach, grübelte ich fieberhaft nach einem geeigneten Gesprächsthema. Doch mir fiel absolut nichts ein.

Die Stille dehnte sich quälend aus. Sie musste durchbrochen werden!

„Ähm ..."

Es war genug. Am Rand der Verzweiflung begann ich schließlich das Gespräch und sagte einfach, was ich dachte.

„Suzuna-san, darf ich dich nach deiner Körpergröße fragen?"

„Wie bitte?"

Mein erster Eindruck von ihr war, dass sie recht groß war, obwohl das Thema nichts mit dem Fliegen zu tun hatte.

Suzuna-san machte ein überraschtes Gesicht, antwortete aber: „Meine Körpergröße? Ich bin 1,65 Meter groß."

Autsch. Diese Frage hatte ich ohne Hintergedanken gestellt, doch jetzt erlitt ich einen kleinen Schock.

„Ist das nicht in Ordnung?"

„Oh, es ist kein Problem. Nur dass du größer bist als ich ..."

„Ach so ..."

„Schau mal, wie klein ich bin. Ich bin nämlich 1,63 Meter groß", sagte ich, während ich mit der Hand meinen Scheitel berührte. „Wenn ich nur zehn Zentimeter größer wäre ..."

Am liebsten würde ich mich hinter dem Avatar eines attraktiven Mannes verstecken. Aber wenn ich einen Avatar verwenden würde, würde im Sichtfeld meines Gegenübers „Avatar in Benutzung" erscheinen und ich wäre sofort entlarvt. Es würde also nichts nützen.

„A-aber, ich denke, das ist nichts, worüber du dir Sorgen machen musst."

„Nein, nein, Suzuna-san. Stellen dir sich vor, ich wäre zehn Zentimeter größer, hätte einen extrovertierten Charakter und würde das Training mit einem strahlenden Lächeln und einem ‚Auf eine gute Zusammenarbeit! Okay, lass uns anfangen!' beginnen. Wäre das nicht entspannter für dich?"

Suzuna-san neigte den Kopf leicht nach rechts, dann noch weiter nach rechts.

„Hm ... Nein, ganz im Gegenteil, ich wäre eher verunsichert."

„Nein, das kann nicht sein. Es wäre sicher besser gelaufen."

Mehr als diese unterwürfige Antwort konnte ich nicht bieten. Selbst wenn ich nicht so schlecht im Small Talk gewesen wäre, hätte sie das Gespräch wahrscheinlich genervt.

Wie erwartet, rang sie sich ein Lächeln ab. Ich hatte sie wohl auf die Palme gebracht. Als wollte sie sagen: „Was redet denn der Zwerg da?"

Suzuna-san, es tut mir leid, dass ich Zwerg dir Probleme bereitet habe ...

„Wie auch immer, lass uns anfangen."

„Ja."

Suzuna-san nickte und lächelte weiterhin. Obwohl sie Ratschläge von einem Langweiler wie mir annehmen musste, blieb sie durchweg höflich. Kein einziges Mal verzog sie das Gesicht. Dafür war ich sehr dankbar.

Wäre ich ein Flugzeug, könnte ich die Teile des Standardmodells durch speziell angefertigte Teile ersetzen und so meine Leistung steigern. Leider war ich ein Mensch und konnte meine Körperteile nicht austauschen. Ich würde also bei meiner mangelhaften Ausstattung bleiben müssen.

Es war nicht so, dass ich sie überzeugen wollte. Es war eigentlich unnötig, ihr einen guten Eindruck von mir zu vermitteln. Das war überflüssig. Ich musste mich darauf konzentrieren, ihr Ratschläge zu geben! Ja, genau das würde ich tun!

O

Zuerst musste ich herausfinden, wie weit sie gekommen war, was sie vom Fliegen verstanden hatte und wo es noch hakte. Ohne diese Informationen wüsste ich nicht, was ich ihr beibringen sollte. Also fragte ich: „Ähm, als Erstes: Ich habe gehört, dass du noch nicht so gut starten und landen kannst."

„Ja." Suzuna-san nickte bedrückt.

„Kannst du mir sagen, was genau du nicht verstehst? Zum Beispiel, ‚Bei diesem Teil weiß ich nicht, was ich machen soll'?"

Suzuna-sans Antwort übertraf meine wildeste Vorstellung: „... Alles. Ich verstehe alles nicht."

Hä?

Jetzt verstand ich, wie sich die Lehrer fühlen mussten, wenn sie das von ihren Schülern hörten. Ich war ratlos. Aber sie konnte nichts dafür, dass sie es nicht verstand. Es gab nur eine Lösung für diese Situation.

„Dann zeige ich dir ein Beispiel. Wir beginnen mit der Vorflugkontrolle, steigen dann in das Flugzeug, starten, fliegen, landen und steigen wieder aus. Mit diesem Ablauf können wir alles Schritt für Schritt durchgehen."

„Ja. Vielen Dank."

Mein Prinzip war: Hundertmal hören ist nicht so gut wie einmal sehen, und hundertmal sehen ist nicht so gut wie einmal selbst machen; durch praktische Erfahrung lernt man schneller als durch langweilige Erklärungen. Wenn man selbst dabei ist, hört, sieht und erlebt, kann man das Gelernte mit Kopf und Körper verinnerlichen. Auf diese Weise konnte zumindest ich schneller lernen, deshalb wollte ich diese Methode anwenden.

Ich wusste nicht, welche Methode die beste war. Die Hauptsache war, etwas zu tun. Suzuna-san half es auch nicht, wenn ich zu lange nachdachte.

„Nur so am Rande, kennst du dich mit dem Flugzeug hier aus?"

Auf die Frage nach dem Flugzeugmodell schüttelte Suzuna-san den Kopf und sah aus, als wolle sie sich entschuldigen.

Hundertmal hören ist nicht so gut wie einmal sehen, aber das heißt nicht, dass man keine Vorkenntnisse benötigt.

„Dann erkläre ich es grob."

„Ja, bitte."

Ich erklärte ihr, in was für ein Flugzeug wir steigen würden.

„Der Name des Flugzeugmodells ist ‚Little Hawk'", sagte ich und berührte den linken Hauptflügel. Suzuna-san stand links neben dem Cockpit und hörte zu.

„Das ist ein ganz normales Flugzeug. Als Material wurde verstärkter Kunststoff verwendet, der härter und leichter ist als eine Aluminiumlegierung. Deshalb wiegt das Flugzeug nicht viel."

Heutzutage gehörten solche unglaublichen Materialien zum Alltag. Sehr praktisch.

Das Flugzeug selbst war traditionell gebaut. Die Tragflächen hatten spitz zulaufende Flügel, die sich zu den abgewinkelten Flügelspitzen hin verjüngten. Sie schlossen die Unterseite des Rumpfes ab, sodass das Flugzeug ein Tiefdecker war. Im Vergleich zu den Tragflächen war das Leitwerk leicht nach oben gekrümmt, wo sich Höhen- und Seitenleitwerk befanden. Auch das Seitenleitwerk war konventionell mit abgewinkelten Spitzen ausgeführt.

Die Grundfarbe des Flugzeugs war weiß mit einer blauen Linie in der Mitte des Rumpfes. Das Cockpit war schwarz eingefasst, während die Flügelspitzen und die Spitze des Leitwerks orange waren. Der blaue Streifen wurde in der Mitte durch das Abzeichen der Houshou-Akademie unterbrochen, das die Silhouette einer dreibeinigen Krähe zeigte. Dieses Abzeichen wurde auch auf der Ober- und Unterseite der Tragfläche abgebildet. Außerdem war auf dem Heck der schwarze

Schriftzug „Houshou-Akademie" zu sehen. Auf dem Seitenleitwerk stand ebenfalls in schwarzer Schrift „HA-620", darunter in kleinerer Schrift die Seriennummer des Flugzeugs.

„Wie man sieht, ist das ein Propellerflugzeug. Der schwarze dreiflügelige Propeller dreht sich mit der Kraft des Motors nach rechts und treibt das Flugzeug an."

Ich zeigte auf den Bug. Übrigens: „Der Propeller dreht sich nach rechts" bedeutet, dass er sich vom Cockpit aus gesehen nach rechts dreht.

„Der Motor ist in den Propellersockel integriert. Mit der Energie des Stroms drehen sich die Flügel, ist das nicht toll?"

Über den Motor wusste ich nicht mehr, als dass es ein hochwertiger Wechselstrommotor war. Von Elektronik hatte ich nämlich keine Ahnung.

„Hinter dem Motor ist das Cockpit, der Pilotensitz mit parallelen Sitzen, das heißt, man kann nebeneinander sitzen. Wenn man die hinteren Sitze mitzählt, haben insgesamt vier Personen Platz. Für Sumoringer wäre das allerdings schwierig, sowohl vom Platzangebot als auch von der Belastbarkeit der Sitze her. Die Sitze würden wahrscheinlich kaputtgehen."

Suzuna-san lächelte herzlich. Es schien gut zu laufen. Ich versuchte, nicht so zu tun, als wäre ich cool, und fuhr fort.

„Hinter dem Cockpit, in den Tragflächen, befinden sich Hochleistungsbatterien. Die maximale Reichweite liegt bei 900 Kilometern. Unter dem Rumpf liegt der Reichweitenverlängerer ... Kannst du damit etwas anfangen?"

Suzuna-san schüttelte den Kopf und verneinte hilflos.

„Der Reichweitenverlängerer ist ein Aggregat, das die Flugstrecke oder die Flugzeit verlängern kann. In den meisten Fällen handelt es sich um normale Batterien, aber bei hochwertigeren Maschinen werden Wasserstoffbatterien verwendet. Diese können unter dem Rumpf angebracht werden."

Sie sah nicht so aus, als hätte sie verstanden. Es war ziemlich wichtig, aber wir ließen es dabei bewenden.

„Einfach gesagt", ich klatschte in die Hände und fasste es kurz zusammen, „ist es ein ganz normales Flugzeug mit einem elektrischen Propeller."

„Ein normales Flugzeug also ..."

„Ja, ein ganz normales Flugzeug ohne Besonderheiten. Es hat zwar ein paar unangenehme Eigenheiten, aber dazu später mehr."

„Unangenehme Eigenheiten, sagst du?"

„Da es sich um eine einmotorige Propellermaschine handelt, gibt es ein paar Eigenheiten, an die man sich gewöhnen muss. Ich werde sie dir nach und nach zeigen."

Denn es war schwer zu verstehen, wenn man das Flugzeug nicht wirklich steuerte.

„Zuerst wiederholen wir, wie man das Flugzeug inspiziert, bevor man mit dem Fliegen beginnt. Da war der Ausbilder sicher streng, oder?"

„Ja ..."

Suzuna-san sah auf einmal traurig aus. Sie hatte wohl zu oft die Leviten gelesen bekommen. Die Ausbilder auf dem zweiten Campus wirkten etwas freundlicher, aber sie konnten auch sehr streng sein.

„Das Thema ist wirklich notwendig, deshalb lernen wir es Schritt für Schritt gemeinsam. Übrigens, hast du vielleicht Notizen von dem Stoff, den die anderen dir beigebracht haben?"

Sie schüttelte den Kopf, als sei die Idee, mitzuschreiben, absurd. Ich wollte nicht unhöflich sein, aber ich war wirklich erstaunt und konnte es kaum glauben.

„Warum schreibst du nicht mit?"

„Ähm ... ist es in Ordnung, wenn ich mir Notizen mache?"

„Ja, natürlich! Bitte schreib viel auf! Es ist keine große Weisheit, aber es ist besser, sich Notizen zu machen, als sich alles im Kopf zu merken. Außerdem kann man später den Inhalt wiederholen."

„Ich verstehe. Dann werde ich mitschreiben!" Suzuna-san machte sich zum Mitschreiben bereit.

„Hat dir der Ausbilder gesagt, dass du nicht mitschreiben darfst?"

Sie nickte.

„Als ich versucht habe, Notizen zu machen, wurde mir gesagt, dass ich erst versuchen soll, mir alles richtig zu merken, bevor ich etwas aufschreibe."

„Oh Mann ... Was für ein schrecklicher Ausbilder."

Ich dachte, dass die Ausbilder auf dem zweiten Campus nicht so streng wären. Aber auf dem ersten und dritten Campus wäre ich mir nicht so sicher gewesen ... Wie dem auch sei, strenge Leute waren eben streng.

Suzuna-san hielt einen Stift in der rechten Hand und ein Tablet in der linken. Man konnte den Text, den man auf das Tablet schrieb, direkt in der Cloud speichern, sowohl als Textdatei als auch als Bilddatei.

Die Dateien mit den Notizen waren verschlüsselt. Man musste also nicht befürchten, dass jemand heimlich mitlas. Je nach Einstellung der Privatsphäre konnte man die Inhalte nur mit bestimmten Personen teilen oder für alle sichtbar machen. So sahen moderne, digitalisierte Notizbücher aus. Wir lebten wirklich in einer sehr komfortablen Zeit.

Ich begann mit den Grundlagen der Inspektion. Auf dem Server der Akademie gab es eine Checkliste für alle Punkte der Inspektion. Unsere Aufgabe war es, diese herunterzuladen und alle Punkte abzuhaken. Das war keine große Herausforderung. Wir sollten prüfen, ob die Tragfläche Risse aufwies, ob die Reifen platt waren, ob sich die beweglichen Teile normal bewegten und ob die Inspektionsöffnung geschlossen war.

Auch die Art der Inspektion war einfach. Man schaute mit den Augen, tastete mit den Händen und prüfte. Wenn man etwas kontrolliert hatte, führte man die gestisch-akustische Prüfung durch. So nach dem Motto: „... passt!"

Auch wenn etwas nicht in Ordnung war, durfte man nicht den Kopf verlieren. Wenn es ein Problem war, mit dem man als Pilot umgehen konnte, dann sollte man sich darum kümmern; wenn man es nicht selbst beheben konnte, dann sollte man einen Fachmann rufen und ihm die Sache überlassen. Auch in der heutigen hochtechnisierten Welt gab es für alles einen Spezialisten. Wenn es um die Flugzeugwartung ging, dann überließ man es am besten der Fachrichtung für Flugzeugwartung.

Natürlich könnte auch die KI des Flugzeugs eine solche Inspektion übernehmen. Der einzige Nachteil wäre: Wenn der Sensor defekt wäre und eine Fehlfunktion verursachen würde, würde die KI dies nicht erkennen. Bei einer von Menschen durchgeführten Inspektion durfte die Überprüfung des Sensors auf keinen Fall ausgelassen werden. Auch wenn es umständlich war, durfte man nicht nachlässig sein, sondern musste sich streng an die Vorschriften halten.

Suzuna-san machte sich eifrig Notizen. Ich konnte nicht sehen, was genau sie sich notierte, aber sie schien sorgfältig zu schreiben, ohne auch nur eine Kleinigkeit auszulassen. *Sehr gewissenhaft*, dachte ich.

Nachdem ich ihr alles von Anfang an beigebracht hatte, wartete ich, bis sie zu Ende geschrieben hatte, und sagte dann zu ihr: „Also dann ..."

„Ja."

Suzuna-san sah mich an. Während ich wieder ihre Schönheit unter der Mütze betrachtete, begann mein Herz zu klopfen.

Die Augenbrauen waren nicht spitz zulaufend, sondern natürlich geformt. Die Augenlider mit der Lidfalte hingen weder nach oben noch nach unten, sondern saßen genau in der Mitte. Unter dem wohlgeformten Nasenrücken lagen die Lippen in einem schönen Rosa. Die Gesichtskonturen waren schmal und ohne jede Verzerrung. Die Haut glänzte in einem gesunden, hellen Ton und machte einen klaren Eindruck. Sie war wirklich eine Schönheit. Mein Herz schlug immer schneller ...

„Yagasaki-san?"

Ich war fasziniert von ihr. Hastig versuchte ich, meine Verlegenheit zu verbergen. „Oh, Entschuldigung! Dann fangen wir mal mit der Praxis an."

„Soll ich das machen?"

„Genau. Wenn irgendetwas nicht stimmt, werde ich es dir sofort sagen. Aber mach dir keine Sorgen. Da wir noch in der Übungsphase sind, ist es nicht schlimm, wenn du Fehler machst. Es sind ja keine Ausbilder hier."

„Ich verstehe. Dann werde ich es versuchen."

Ich hörte eine stille Entschlossenheit in ihrer Stimme.

Suzuna-san begann mit der Inspektion. Normalerweise fing man am Bug an, ging gegen den Uhrzeigersinn um den Rumpf herum und überprüfte alles.

Gleich zu Beginn machte Suzuna-san einen Fehler. Sie versuchte, unter den Propeller vor dem Bug zu kriechen, um das Bugrad darunter zu überprüfen.

„Okay, stopp!", sagte ich halb lachend.

„Bitte?", antwortete Suzuna-san überrascht.

„Man darf das Bugrad niemals von vorn inspizieren! Das ist wichtig. Schreib das bitte auf."

„Äh, ja!", sagt sie und machte sich Notizen.

Ein typischer Anfängerfehler. Ohne an den Propeller zu denken, suchte sie nach der kürzesten Strecke.

„Suzuna-san, denk mal darüber nach. Was passiert, wenn man sich unter dem Propeller bewegt und er plötzlich anfängt, sich zu drehen?"

„Ähm, was passiert denn?"

„Zack, Kopf ab." Ich gestikulierte mit der rechten Hand, als würde ich den Kopf abschlagen. „Der Propeller ist eine gefährliche Waffe. Man darf sich ihm auf keinen Fall nähern."

„Ja …!"

„Natürlich wird sich der Propeller nicht plötzlich von selbst bewegen, aber diese Anleitung wurde für den Fall entwickelt, dass das Unmögliche eintritt. Bitte halte dich zu deiner eigenen Sicherheit an die Anweisungen."

„Ver-verstehe!"

Angenommen, die KI hätte einen Bug, interpretierte ein Geräusch als Befehl an den Propeller und startete ihn. So könnte es zu einem Unfall kommen. Ich hielt diesen Fall für unwahrscheinlich, aber ein Unfall war eben das Unwahrscheinliche.

Es hatte zwar nichts mit dem Propeller zu tun, aber ich hatte schon meine Erfahrungen mit dem „Unwahrscheinlichen" gemacht. Deshalb hielt ich mich bei solchen Kontrollen rigoros an den Leitfaden.

„Ebendarum geht man von der Seite zum Bugrad, wenn man es überprüfen will. Man meidet die Drehfläche des Propellers, geht in die Hocke und kontrolliert das Bugrad."

„Alles klar. Propeller meiden, in die Hocke gehen und kontrollieren."

Suzuna-san ging in eine tiefe Kniebeuge, was dazu führte, dass mir ihr Hintern direkt ins Auge sprang. Beim Anblick ihres anmutigen Gesäßes wusste ich nicht, wo ich hinschauen sollte.

„Ist das so in Ordnung?", fragte Suzuna-san.

„Hm? Äh, ähm … Ja, in Ordnung!", nicke ich hastig. „Bitte sieh nach, ob es ein Ölleck gibt und ob die Reifen einen Platten haben."

„Alles klar!"

Wie konnte ich da bitte nicht auf ihr Gesäß starren? Gott erbarme.

Danach führte Suzuna-san die Inspektion Schritt für Schritt durch. Auch wenn sie mir leidtat, ließ ich sie alles sorgfältig kontrollieren. Wenn es etwas zu bemängeln gab, versuchte ich, es ihr so schonend wie möglich beizubringen. Wenn ihr etwas gut gelungen war, lobte ich sie mit einem „Gut gemacht".

Als ich gestern im Bett lag und überlegte, wie ich ihr am besten das Fliegen beibringen könnte, hatte ich im Internet nach Tipps gesucht. Danach war ich sofort eingeschlafen.

Den Informationen aus dem Internet nach waren Komplimente essenziell. Sie würden das Selbstbewusstsein stärken. Wer auch für Kleinigkeiten ein „Gut gemacht" bekommen würde, würde sich freuen.

Nachdem ich ihr die Fehler noch einmal gezeigt hatte, bat ich sie, die Inspektion zu wiederholen. Sie sah zwar unbeholfen aus, machte aber alles richtig. Good job!

Nach der Inspektion waren wir endlich startklar. Da wir kein Bodenpersonal hatten, das uns vom Boden aus unterstützen konnte, hatten wir Mary-chan um Hilfe gebeten.

Mary-chan hatte einen großen, ovalen Kopf. Ihre Augen befanden sich in einem schwarzen Visier und konnten Ausdrücke wie Lachen oder Traurigkeit zeigen. Ihr Körper war dreieckig mit abgerundeten Enden. Wie Menschen hatte sie zwei Arme und konnte verschiedene Dinge tun. Der untere Teil ihres Körpers erinnerte an einen glockenförmigen Rock, unter dem sich Reifen befanden, mit denen sie sich fortbewegen konnte. Sie war etwa 1,5 Meter groß und ein niedlicher Roboter.

„Hallo. Ich bin Mary Nummer 45. Ich freue mich, euch unterstützen zu können."

Nach der Vorstellung verbeugte sich die KI. Ohne zu zögern baten wir Mary-chan um Hilfe und ließen sie eine Leiter holen. Damit stiegen wir auf die Tragfläche der Little Hawk. Dass ein oder zwei Personen auf der Tragfläche standen, war kein Problem. Sie war aus stabilem Material und würde nicht so leicht brechen. Für Sumoringer könnte es allerdings schwierig werden …

Wir setzten uns ins Cockpit – ich rechts, Suzuna-san links. Eigentlich sollte das Bodenpersonal den Kabelbaum für uns anbringen, aber da heute kein Bodenpersonal verfügbar war, würde ich Suzuna-san helfen. Das musste hier über die Schulter gehängt werden, das musste dort angeheftet werden und so weiter. Als ich damit fertig war, erledigte ich meinen Teil schnell.

Ich hatte mir vorgenommen, es mir so wenig wie möglich anmerken zu lassen, aber die physische Distanz zwischen uns war so gering, dass mein Herz wieder zu pochen begann. Wenn sich mein Körper nur ein wenig nach links bewegte, würde meine Schulter ihre berühren. So nah waren wir uns. Ich fühlte die Wärme in meiner Schulter.

Reiß dich zusammen!, ermahnte ich mich.

Ich setzte die Kopfhörer, die zur Ausrüstung gehörten, auf die Mützen und steckte sie in die Steckdose. Im Flugzeug waren die Motoren- und Propellergeräusche ziemlich laut. Die Kopfhörer waren auch zum Schutz der Ohren vor Lärm notwendig. Dafür konnte man ebenfalls Helme mit Mikrofon und Lautsprecher benutzen.

Dann steckten wir unsere Modems in den Schlitz vorn im Cockpit. Dadurch war das Flugzeug physikalisch mit den Modems verbunden. Nach dem Einschalten und der Bestätigung der Identität war das Flugzeug online.

„Dann schalten wir mal den Strom ein. Drück bitte auf den Hauptschalter."

Das Terminal, das sich vorn im Cockpit befand, hatte links und rechts einen mittelgroßen Touchscreen. In der Mitte befanden sich anstelle eines Bildschirms zahlreiche Knöpfe. Darunter waren der Gashebel sowie Hebel für das Fahrwerk und die Landeklappen zu finden. Auch am Rand des Pilotensitzes waren Knöpfe und Hebel angebracht. Der Steuerknüppel hatte die Form eines Dreizacks. Außerdem befanden sich im Fußraum Seitenruderpedale.

Der größte Schalter im Terminal war der Hauptschalter. Diesen sollte Suzunasan drücken. Der Plan war, dass sie die Prozedur vor dem Abflug durchführen sollte.

Nach Betätigung des Schalters wurde das Flugzeug mit Strom versorgt. Die Hilfsbatterie sollte die Hauptbatterie aufwecken.

Der nächste Schritt war die Verbindung zwischen Flugzeug und Pilot.

Menschen, die sich einer Operation unterzogen hatten, um sich mit dem digitalen Gehirn verbinden zu können, erhielten zur Kommunikation ein Verbindungsgerät als Implantat im Nacken. Dieses Verbindungsgerät konnte als eine Art Antenne betrachtet werden, die drahtlos mit dem Kommunikationsmodem verbunden war. Das Gerät konnte auch als Stecker fungieren und sich per Kabel mit Maschinen wie Flugzeugen oder Autos verbinden.

Als Nächstes wollten wir diese direkte Verbindung initiieren.

Unter der Kopfstütze des Sitzes lag der Antennenstecker. Er wurde mit der Anschlussdose des Verbindungsgeräts im Nacken des Piloten gekoppelt und gab ein Knacken von sich. Egal, wann ich es hörte, es war immer ein unheimliches Geräusch in meinen Ohren.

Das Kabel des Antennensteckers war ziemlich lang. Damit konnte man sich ohne Probleme nach vorn beugen. Dass es zu kurz war und man stecken blieb oder hinfiel, konnte nicht passieren.

Nach erfolgreicher Verbindung wurde das Sichtfeld verschwommen und der Hintergrund etwas dunkler. Im Sichtfeld erschien eine Anzeige: „Bitte beantworten Sie die Frage, welche Farben zu sehen sind". Ich kam der Aufforderung nach und antwortete akustisch: rot, blau, grün und gelb. Das war ein Test, um zu sehen, ob die Verbindung stabil war. Nach einigen weiteren Tests erschien das Sichtfeld wieder. Danach wurden im Sichtfeld Anweisungen zur Körperhaltung und Informationen von Flugmessgeräten wie GPS eingeblendet. Sie wirkten wie Hologramme, waren es aber nicht, da die Daten direkt zum Gehirn gesendet und dort wahrgenommen wurden.

Auf den Touchscreens wurden übrigens nur die Werte der Sekundärmessgeräte angezeigt. Durch die Verbindung mit dem digitalen Gehirn wurden die notwendigen Informationen vollständig angezeigt.

„Siehst du die Anzeigen?", fragte ich.

„Ja, ich sehe sie", nickte sie.

Die zum Flugzeug gehörende KI hatte bereits mit der Vorflugkontrolle begonnen. Gleichzeitig wurde die Datenverbindung zu den Bodencomputern der Fachrichtungen Flugsicherung und Flugzeugwartung der Houshou-Akademie hergestellt. So konnte der Zentralrechner der Akademie den Flug überwachen und bei Komplikationen eine Fehlerbehebung einleiten. In diesem Fall musste der Pilot nur warten, bis das System wieder hochgefahren war.

Danach erfolgte die Überprüfung der Headsets und der Funkverbindung. Die Kontrolle des Steuerknüppels, der Pedale usw. wurde vom Piloten übernommen. Das war so ziemlich die einzige Aufgabe des Piloten. Es wurde gesagt, dass es früher mehr als 100 Punkte auf der Checkliste gab, die man alle langsam einzeln überprüfen musste, während man gleichzeitig die Knöpfe und Schalter einstellen musste. Heute wird alles schnell von der KI erledigt. Innerhalb von drei Minuten war die KI mit der Vorbereitung fertig. Sehr praktisch.

„Übernimm bitte bis zum Propellerstart. Danach kannst du es mir überlassen."

„Äh, ja."

Ich schaute zu Mary-chan, die draußen stand, hob einen Finger und drehte ihn. Das Zeichen für den Propeller.

Dann gab ich Suzuna-san Anweisungen. Sie sollte die Feststellbremse überprüfen und dann den roten Knopf am Terminal drücken, den Propellerschalter.

Brrummm brüllte der Motor und der Propeller begann sich langsam zu drehen.

Als sie zum Test weiter auf den Gashebel drückte, wurde das Brummen des Motors stärker, und der Propeller begann tief zu surren. Immer, wenn der Motor und der Propeller lauter wurden, stieg meine Stimmung.

Ich überließ ihr den Gashebel und bat Mary-chan, die Bremskeile zu entfernen. Diese wurden geräumt.

„Du hast deinen Teil geschafft. Ab jetzt übernehme ich das Steuern, Starten und Landen. Ein Training, bei dem du mir über die Schulter schauen sollst. Auf gute Zusammenarbeit."

„Ja, auf gute Zusammenarbeit", Suzuna-san verbeugte sich höflich.

Suzuna-san saß links von mir. In einem Flugzeug mit horizontal angeordneten Sitzen gehörte der linke Platz dem Kapitän. Auch bei der Flugausbildung saß der Flugschüler links und der Fluglehrer rechts, damit der Flugschüler die Steuerung aus der richtigen Perspektive sehen und es sich besser vorstellen konnte.

Ich kommunizierte mit dem Kontrollsystem und meldete den Flug an. Nach dem aktuellen Gesetz genügte es, den Flug anzumelden, um sich in der Luft frei bewegen zu können, solange man unterhalb einer Höhe von 3.000 Metern blieb und sich von den regulären zivilen Flugrouten fernhielt. Der Raum, in dem man frei fliegen konnte, wurde als Freie Strecke bezeichnet.

Da Flugzeuge sehr weitverbreitet waren, war es schwierig, jeden einzelnen Flugplan einreichen zu lassen und anzupassen, deshalb wurde der Raum für freie Flüge eingerichtet.

Um Beinahezusammenstöße zu vermeiden, mussten alle Flugzeuge mit einem Annäherungswarnsystem, GPS und einem Programm ausgestattet sein, das bei zu geringem Abstand zu einem anderen Flugzeug mithilfe der KI automatisch Abstand hielt. Sollte die Freie Strecke überlastet sein, würde das Kontrollsystem eine Flugroute vorgeben, der zu folgen wäre. Im Falle eines großen Staus würde sogar das Einfliegen in den Luftraum verboten werden.

Die Entwicklung dieser Maßnahmen war nur möglich dank der KI, mit der jedes Flugzeug ausgestattet war, und dem komplexen Verbindungssystem, das mit dem Netzwerk der Piloten gekoppelt war und einwandfrei funktionierte. Mit anderen Worten: Ohne sie wären wir aufgeschmissen gewesen.

Die Starterlaubnis war schnell erteilt. Ich löste die Feststellbremse und fuhr vom Hangar über das Rollfeld zum Anfang der Startbahn. Gegenwärtig schien kein anderes Flugzeug der Houshou-Akademie abheben zu wollen, sodass wir ohne Probleme von der Rollbahn auf die Startbahn fahren konnten.

An der Startbahn hielten wir an.

„Sag mal, Suzuna-san, wie sieht das Wetter heute aus?"

„Wie bitte?"

„Hast du dir den Wetterbericht angeschaut?"

„Ähm ..."

„Die Wettervorhersage ist das Erste, woran du denken solltest, wenn du fliegst. Bitte behalte sie im Auge. Wenn du das Wetter bislang nicht überprüft hast, können wir das zusammen machen."

Ich drückte mit dem Finger auf das im Sichtfeld angezeigte Feld „Wetter", was als Klick interpretiert wurde. Der Wetterbericht des aktuellen Standorts sprang auf. Mit wenigen Klicks konnte man von dort aus die Daten des meteorologischen Höhenflugzeugs abrufen, die vom Wetterdienst zur Verfügung gestellt wurden.

„Wenn wir jetzt das Wetter kontrollieren wollen, geht das am schnellsten mit der Echtzeitüberwachung des meteorologischen Höhenflugzeugs. Du findest sie unter Wetter, Details."

Ich klickte auf Echtzeitüberwachung. Die detaillierten Wetterdaten des Wetterflugzeugs wurden aufgelistet. Hoher Luftdruck, klarer Himmel. Schwacher Ostwind, drei Meter pro Sekunde. Mildes Wetter.

Ich zeigte auf die Wetterdaten und erklärte: „Da heute leichter Ostwind angesagt ist, benutzen wir die Piste 07. Weißt du, was ich meine?"

Suzuna-san schwieg. Na ja, da konnte man wohl nichts machen.

„An der Houshou-Akademie gibt es nur eine Start- und Landebahn. Haben der Ausbilder nicht trotzdem von Piste 07 oder Piste 25 gesprochen?"

„Ja, haben sie ... glaube ich."

„Einfach gesagt, liegt der Unterschied darin, ob sie sich nach Osten oder nach Westen ausgerichtet ist. Wenn man von Westen nach Osten startet, spricht man von Piste 07. Weißt du, was die Logik dahinter ist?"

Sie schüttelte den Kopf.

„Dann rufen wir mal den Kompass auf."

Ich berührte den Kompass im Sichtfeld und vergrößerte ihn mit der Hand. Dann schlug ich die Pistenkarte auf.

„Wir sind hier, am westlichen Ende der Startbahn."

„Ja ..."

„Von hier aus ist die numerische Position 070. Schau mal auf den Kompass."

Ich legte die Startbahn unter die Magnetnadel des Kompasses. Die Nadel zeigte auf 070.

„Vom östlichen Ende aus gesehen, liegt die Piste bei 250."

Diesmal legte ich die Piste vom östlichen Ende unter die Magnetnadel des Kompasses. Die numerische Position der Piste war nun 250.

„Die numerische Position ist dreistellig, deshalb entfernen wir die dritte Ziffer ..."

„Ah, so funktioniert das!", sagte Suzuna-san, die es verstanden zu haben schien.

„Ja, so funktioniert das. Startbahn 07 bedeutet Position 070. Man soll die Startbahn von Westen nach Osten benutzen."

„So ist das also gemeint ... Die Ausbilder haben mir zwar diese Begriffe beigebracht, aber ich wusste nicht, was dahintersteckt und konnte sie mir nicht merken. Aber jetzt habe ich es verstanden!"

Ich war froh, dass sie es verstanden hatte. Ein Lächeln breitete sich auf meinem Gesicht aus.

„Weißt du auch, warum man je nach Windrichtung mal die Piste 07, mal die 25 benutzt?"

„Nein ..."

„Dann merk dir bitte eins, für Flugzeuge ist sowohl beim Abflug als auch beim Landen Gegenwind ideal."

„Gegenwind?"

„Genau, klingt komisch, oder? Normalerweise würde man denken, dass Rückenwind besser ist, um Geschwindigkeit aufzunehmen."

„Ja."

„Bei Flugzeugen ist das anders. Bei Gegenwind ist es einfacher, Auftrieb zu erzeugen. Das kann man besser verstehen, wenn man die Formel für den dynamischen Auftrieb kennt. Kurz gesagt: Je stärker der Wind, der gegen die Tragflächen bläst, desto größer ist die Auftriebskraft, die das Flugzeug in Schwingung versetzt. Für den Moment kannst du dir merken, dass Rückenwind beim Starten und Landen schlecht ist. Den schwereren Stoff heben wir uns für ein anderes Mal auf.‘

„Alles klar. Bei Start und Landung ist Gegenwind besser“, notierte Suzuna-san.

Deshalb wurde bei Ostwind zum Start und zur Landung die Piste 07 benutzt.

„Dann lass uns loslegen. Houshou-Turm, hier HA620, Rufzeichen Arrowhead. Wir heben jetzt ab.‘

Die Abflugabsicht wurde dem Kontrollzentrum mitgeteilt. Die Kommunikation mit den Fluglotsen der Luftfahrtakademie und den Luftraststätten verlief problemlos auf Japanisch, während auf den Flughäfen, die für den Linienverkehr genutzt wurden, Englisch erforderlich war.

Vom Kontrollturm erhielten wir eine lasche Antwort: „Ja ja, hier Houshou-Turm, ihr könnt abfliegen. Zu dieser Uhrzeit fliegt sowieso niemand außer euch. Macht, was ihr wollt.‘

Die energielose Stimme des Mädchens versetzte mich in Erstaunen.

Die Schülerin war bekannt – Ipponmatsu-san aus dem zweiten Jahr der Oberstufe der Flugsicherung. Warum sie bekannt war, brauche ich wohl nicht zu erklären. Ein Wunder, dass die Ausbilder nichts dazu sagten.

Ich riss mich zusammen. Ich schaute geradeaus auf die Piste und überprüfte sie auf Hindernisse. Alles in Ordnung.

Dann drückte ich den Bodenklappenhebel nach unten und fuhr die Klappen aus. Der Winkel der Klappen wurde von der KI automatisch angepasst. Man konnte den Winkel zwar auch mit akustischen Befehlen festlegen, aber meistens überließ man es der KI. Übrigens wurde auch die Trimmung automatisch eingestellt, da es kein Bedienelement gab, mit dem sie manuell eingestellt werden konnte.

Ich drückte den Gashebel, der sich unten in der Mitte des Cockpits befand, nach vorn. Der Propeller begann sich schneller zu drehen. Die Drehzahl des Propellers wurde von der KI automatisch geregelt. Nachdem ich die Bremse gelöst hatte, begann das Flugzeug zu gleiten.

Ich warf einen flüchtigen Blick auf Suzuna-san, die gerade die Anzeige der Messgeräte betrachtete. Das war nicht gut.

„Suzuna-san, bitte schau nach vorn. Wer beim Fliegen nach unten schaut, verursacht Unfälle."

„Äh, ja!"

„Die KI kann die Startgeschwindigkeit ansagen."

Tatsächlich konnte die KI beim Fliegen „Geschwindigkeit, V_1" ansagen. V_1 steht für Entscheidungsgeschwindigkeit. Wenn die Geschwindigkeit des Flugzeugs diesen Wert überschritt, würde eine Unterbrechung des Abflugs grundsätzlich unmöglich.

V_R, die Rotationsgeschwindigkeit, war erreicht. Die Nase des Flugzeugs hob sich. Ich zog leicht am dreizackförmigen Steuerknüppel.

„Da die Rotationsgeschwindigkeit erreicht wurde, ziehen wir den Steuerknüppel zu uns. Aber zieh vorsichtig. Wenn man plötzlich stark zieht, bewegt sich das Flugzeug wie ein Kampfjet."

Die Nase des Flugzeugs hob ab. Das Fahrwerk verließ die Startbahn. Es fühlte sich so an, als würde die Maschine sanft in der Luft schweben.

„Wenn der Rotationspunkt erreicht ist, sollte man unbedingt den Steuerknüppel zu sich ziehen. Merk dir das bitte. Wenn man zu lange auf der Piste herumtrödelt, platzen die Reifen."

„Ich verstehe."

Die sichere Abhebegeschwindigkeit, V_2, war erreicht. Das Flugzeug stieg mit voller Leistung. Das Fahrwerk wurde eingefahren. Ich zog den Hebel nach oben, um die drei Beine einzuziehen. Die Klappen wurden ebenfalls eingefahren und in die gewohnte Position gebracht.

„Okay, jetzt drehen wir langsam nach rechts. Zuerst drücken wir den Steuerknüppel leicht nach rechts, um das Flugzeug nach rechts zu drehen. Dazu treten wir vorsichtig auf das rechte Pedal."

Bevor wir die Position des Flugzeugs änderten, überprüften wir die Umgebung. Das Flugzeug neigte sich nach rechts. Da im Sichtfeld ein Haltungshinweis angezeigt wurde, richtete ich meinen Blick darauf und stellte einen flachen Bankwinkel ein.

„Wenn man das Flugzeug nach rechts dreht, muss man sofort danach die Flugzeugnase in die entgegengesetzte Richtung nach links drehen. Dies nennt man

Wendemoment. Um dem negativen Wendemoment entgegenzuwirken, tritt man auf das Seitenruderpedal.“

Je nach Einstellung konnte dem negativen Wendemoment auch automatisch entgegengewirkt werden. Die Flugzeuge der Houshou-Akademie verfügten jedoch nicht über solche Maßnahmen, um den Piloten die Möglichkeit zu geben, ihre Fähigkeiten zu verbessern.

„Vor unseren Augen werden Hinweise zur Haltung angezeigt. Siehst du das mondsichelförmige Messgerät darunter? Wir sollen das Seitenruderpedal so anpassen, dass sich der Punkt des Indikators in der Mitte befindet. Präge dir die Haltung mit deinem Körper ein. Wenn du beim Steuern auf den Indikator schaust, liest dir der Ausbilder die Leviten: ‚Achte auf die Umgebung, wenn du die Position änderst!‘“

„Ja …“

„Da die Nase des Flugzeugs immer weiter nach unten geht, solltest du den Steuerknüppel ein wenig zu dir ziehen. Es ist in Ordnung, wenn du das langsam machst, aber denk daran, Ruhe zu bewahren.“

„Ja …“

„Ähm, fühlst du dich vielleicht nicht gut?“, fragte ich, da ihre kraftlosen Antworten darauf hindeuteten.

Suzuna-san schüttelte den Kopf. „Nein. Ich dachte nur, dass es beeindruckend ist …“

„Beeindruckend?“

„Dass wir so natürlich fliegen. Dass wir so natürlich fliegen können.“

„Findest du?“

Während ich darüber nachdachte, was „natürlich“ wohl bedeutete, beendete ich die Rechtskurve und brachte das Flugzeug wieder in die Waagerechte.

„Ich … habe einfach Angst.“

Ich hörte Suzuna-san still zu.

„Es kommt mir unnatürlich vor, in der Luft zu fliegen. Ich kann es nicht begreifen. Ich fühle mich, als würde mich die Angst erdrücken.“

„Unnatürlich, meinst du?“

Ein Gefühl, das ich nicht ganz nachvollziehen konnte. Natürlich? Unnatürlich? Darüber hatte ich noch nie nachgedacht. Aus dem Augenwinkel sah ich Suzuna-san. Ihre Hände auf dem Schoß waren zu Fäusten geballt. Sie starrte auf den Boden.

„Ich frage mich, warum ich etwas so Beängstigendes machen muss, und kann nicht anders, als mir Sorgen zu machen. Aber da es zu meinem Job gehört, muss ich es tun. Sosehr ich es auch versuche, ich kann es einfach nicht ... Deshalb bin ich in letzter Zeit so deprimiert."

Ich erinnerte mich daran, was vorgestern passiert war.

„Yagasaki-san, dass ich dir solche Probleme bereite ..."

„Von Problemen kann keine Rede sein. Ich denke nicht, dass du mir Probleme bereitest. Es ist alles gut!"

Neben einer Schönheit frei im Himmel fliegen zu können, wäre wohl für jeden Mann ein Traum. Da ich diesen Traum nun leben durfte, war es für mich kein Problem, sondern eher eine Ehre.

Die Nase des Flugzeugs war auf die numerische Position 160 gerichtet, ungefähr in Richtung der Kunisaki-Halbinsel. Die Flughöhe betrug etwa 1.000 Meter. Ich versuchte, nicht zu weit gen Westen zu fliegen, da sich dort Militärgebiet befand.

„Also kommt dir das Fliegen unnatürlich vor, deshalb hast du Angst, stimmt das?"

Sie nickte leicht.

„Ich verstehe. Dann lass uns viel üben und uns daran gewöhnen", sagte ich direkt. Es klang hart, aber es ging nicht anders.

„Hm?"

„Es ist die Macht der Gewohnheit. Wenn man es dutzende, hunderte Male gemacht hat, gewöhnt man sich daran."

„Ach so ..."

„Wenn man den Simulationsmodus des Flugzeugs benutzt, kann man ziemlich realistische Simulationen durchführen. Wenn du eine reale Situation bevorzugst, um dich mental auf die Flüge vorzubereiten, begleite ich dich gerne."

Ich lächelte sie an. Suzuna-san sah verblüfft aus.

„Gewohnheit, meinst du?"

„Ja, Gewohnheit. Als ich zum ersten Mal geflogen bin, war ich so nervös, dass ich mir am liebsten etwas Tütenzeit gegönnt hätte."

„Tütenzeit?"

„Ja, um mich *bwäääh* in die Tüte zu übergeben."

Suzuna-san war sprachlos. Ich fühlte mich schlecht wegen der expliziten Darstellung.

„Dir ist so etwas auch schon mal passiert?"

„Natürlich. Ich bin ja nur ein ganz normaler Trottel und kein Übermensch."

„Aber der Schuldirektor meinte, dass du einer der Besten der Akademie wärst ..."

Herr Direktor! Wie haben Sie mich denn vorgestellt?

„Nein, nein", winkte ich mit der linken Hand ab.

„Ich meine es ernst, ich bin ..." Ich hielt mitten im Satz inne und zögerte, ihn zu beenden. Denn es war der größte Misserfolg meines Lebens, eine schmerzliche Erinnerung.

Dennoch blieb es eine Tatsache, die ich akzeptieren musste. Ich sprach offen: „Ich bin ein Vollidiot, der für einen ernsten Vorfall verantwortlich ist."

Suzuna-san legte den Kopf leicht zur Seite.

„Ein ernster Vorfall?"

„Um ein Haar wäre es zu einem Unfall gekommen. Ich hätte fast einen Zusammenstoß in der Luft verursacht."

„Wie bitte?"

Suzuna-san verschlug es die Sprache. Ich schaltete das Flugzeug auf Autopilot, um meine Hände freizuhaben.

„Ich war Pilotenanwärter für das Kunstflugteam des ersten Campus. Wusstest du, dass es an der Houshou-Akademie mehrere Flugakrobatik-Teams gibt?"

„Ja", bestätigte Suzuna-san, „mein Manager hat gesagt, dass ich in Zukunft wohl mit ihnen zusammenarbeiten würde."

Zusammenarbeiten ... Ah, stimmt. Da sie ein Idol war, vielleicht als Hostess? Ich fuhr fort.

„Mein Ziel war es, Mitglied des Kunstflugteams zu werden. Bei der Abschlussprüfung der Mittelstufe gab es einen Eignungstest, bei dem zwei Flugzeuge eine Gruppe bilden und in einem Abstand von maximal zehn Metern eine Rechtskurve, eine Linkskurve, einen Zoom Climb usw. fliegen mussten."

Ich benutzte meine frei gewordenen Hände, um die zwei parallel fliegenden Flugzeuge zu illustrieren.

„Und bei der Prüfung wäre ich fast gegen meinen Partner, das Flugzeug der Ausbilder, geknallt, so etwas in der Art." Meine rechte Hand stieß gegen die linke.

„Was?"

„Für einen kurzen Moment verlor ich das Bewusstsein. Alles war schwarz vor meinen Augen. Bevor ich mich versah, war das Flugzeug der Ausbilder schon direkt vor meinen Augen. Aber ich war so geistesabwesend, dass ich nur dachte: ,Hm? Warum ist das andere Flugzeug so nah?' Ich habe nicht mal versucht, ein Ausweichmanöver einzuleiten."

„Und dann?"

„Genau in diesem Moment machte der Ausbilder, der hinter mir saß, ein Ausweichmanöver. Zum Glück gab es keinen Zusammenstoß."

Das Flugzeug, in dem wir saßen, war ein Mehrsitzer mit senkrecht angeordneten Sitzen. Ich saß vorn und der Ausbilder hinten. Das Partnerflugzeug war das gleiche Modell mit einem Ausbilder vorn und einem Ausbilder hinten. Die Prüfung lief so ab, dass drei Ausbilder einen Kandidaten beobachteten und entschieden, ob er bestehen würde oder nicht.

„Mein Kopf war völlig leer", ich streckte die Handflächen gen Himmel und zuckte mit den Schultern. „Nach ein paar Minuten wurde mir klar, was passiert ist. Der Test wurde sofort abgebrochen und die Landung eingeleitet. Bis zur Landung, nein, auch danach konnte ich überhaupt nicht denken. Natürlich habe ich die Prüfung nicht bestanden".

Hach. Jedes Mal, wenn ich an diese Zeit zurückdachte, musste ich seufzen.

„Auch danach war es nicht einfach. Ich wurde nicht nur von den Ausbildern eingehend befragt, sondern einige Tage später kamen auch Regierungsbeamte, die eine gründliche Unfalluntersuchung zu diesem schweren Vorfall einleiteten. Sogar in den Nachrichten wurde groß über den ,Beinahe-Zusammenstoß in der Houshou-Akademie' berichtet. Ich hatte das Gefühl, ich würde vor Sorge sterben."

„Dass so etwas passiert ist …"

„Ja. Deshalb bin ich in gewisser Hinsicht eine Persönlichkeit in der Luftfahrtklasse." Ich lächelte bitter.

„Die Untersuchungen ergaben, dass ein kleiner Teil der Software, die das Flugzeug mit dem digitalen Gehirn verbindet, fehlerhaft war. Bei meinem Test hat sich der Fehler zufällig bemerkbar gemacht. Bei einem Wiederholungsversuch soll der Pilot für einen Moment das Bewusstsein verloren haben. Es hieß, es sei ein lebensgefährlicher Fehler gewesen, was einen riesigen Skandal auslöste", sagte ich mit einem verlegenen Lächeln.

„Das Fazit am Ende war, dass es die Schuld des Herstellers war. Auch wenn es nur eine Kulanzmaßnahme war."

„Kulanzmaßnahme? Was meinst du damit?"

„Die Houshou-Akademie ist bei vielen Dingen entgegenkommend. Sie lässt Schüler, die ihr Bestes geben, nicht einfach im Stich. So wie jetzt bei dir ..."

Ich sah sie an. Ihr Gesichtsausdruck verriet, dass sie gemischte Gefühle hatte.

„In meinem Fall war es ähnlich. Wahrscheinlich haben sie mit dem Hersteller verhandelt und haben sich darauf geeinigt, dass der Hersteller schuld war, damit ich keine Verantwortung tragen musste. Es ist die Aufgabe der Erwachsenen, Verantwortung zu übernehmen, sagten die Ausbilder zu mir."

Ich holte Luft. „Die Ausbilder haben oft versucht, mir Mut zu machen. Dass es nicht an mir liegt und ich mir keine Sorgen machen soll. Oder dass es eine Nachprüfung gibt und ich es noch einmal versuchen soll ... Aber ich habe einen Antrag auf Entlassung gestellt."

Suzuna-san machte ein schockiertes Gesicht.

„Weil ich diesen großen Skandal verursacht und vielen Menschen Probleme bereitet habe. Ich konnte einfach nicht mehr weitermachen."

„Aber lag es nicht an der Fehlfunktion der Software?"

Ich hatte dazu meine eigenen Gedanken. Um sie für Suzuna-san verständlich zu machen, zog ich eine Analogie.

„Suzuna-san, stell dir vor, du hast einen Auftrag für ein Fotoshooting bekommen."

„Ja."

„Am Tag des Shootings gibt es jedoch Probleme mit der Ausrüstung, sodass keine zufriedenstellenden Ergebnisse erzielt werden können. Man kann das

Shooting aber nicht verschieben und muss einfach so weitermachen. Was würdest du in einer solchen Situation tun?"

„Ich würde es trotzdem weiter versuchen."

„Das habe ich mir gedacht. So ist das auch mit den Piloten. Egal, ob das Flugzeug nicht richtig funktioniert oder die Software einen Bug hat. Für alles, was da oben passiert, ist der Pilot verantwortlich. Da gibt es keine Ausreden. Ich konnte nicht die Verantwortung tragen. Selbstverständlich musste ich die Schule verlassen."

Ächz. Ich stieß einen Seufzer nach dem anderen aus.

„Die Ausbilder versuchten, mich aufzuhalten oder mich zu überreden, auf den dritten Campus zu wechseln. Ich habe alles abgelehnt. Ich wollte meine Entlassung beantragen, meine Sachen packen und der Akademie den Rücken kehren."

Ich schaute in den Himmel und atmete tief durch.

„Aber schließlich konnte mich der Direktor aufhalten. Ich müsse etwas tun, was nur ich tun könne, sagte er und führte mich zum Hangar 14, wo er mir einen ruhenden Kampfjet zeigte."

„Ein Kampfjet ... Er ist also ..."

Ich nickte.

„Ja. Es ist das Flugzeug, mit dem ich jetzt hart trainiere. Weil niemand es fliegen konnte, stand es lange Zeit unberührt im Hangar. Der Schuldirektor meinte, er würde mir den Jet gerne überlassen. Da ich ein Idiot bin, war ich plötzlich richtig motiviert", sagte ich selbstironisch mit einem spöttischen Lächeln.

„Ich bin wirklich ein Idiot. Sobald ich einen Köder sehe, schlucke ich ihn, ohne nachzudenken. Solch ein Mensch bin ich wohl. Das habe ich damals zur Genüge erfahren", sagte ich, während mein Blick auf Suzuna-san fiel. Wahrscheinlich machte ich gerade ein halb lachendes, halb weinendes Gesicht. „Ich bin einfach unsterblich in das Fliegen verliebt."

Mein Blick wanderte nach unten. Auf meinem Schoß berührten sich meine Handflächen wie bei einem Gebet.

„Aber dadurch habe ich gemerkt, was für ein großer Flugzeugnerd ich bin. Flugzeuge und ich sind unzertrennlich. Ich konnte sie einfach nicht loslassen. Wie erbärmlich. Schließlich blieb ich an der Akademie. Ich bat den Direktor, den Entlassungsantrag persönlich zu verbrennen. Dann klärte ich noch ein paar Formalitäten und wurde in die Oberstufe der Luftfahrtklasse aufgenommen, eine spezielle Abteilung. Dort bin ich bis heute geblieben."

Ich schämte mich. Aber das war ein Drama, das ich vor drei Monaten erlebt hatte.

„Deshalb meinte ich, dass ich überhaupt nicht toll bin. Nur durch die Kulanzmaßnahme durfte ich an der Akademie bleiben. Ich bin wirklich nur ein Trottel."

Ich hatte mich entschlossen, meinen Wert zu beweisen, denn das Motto der Houshou-Akademie lautete, den eigenen Wert stets unter Beweis zu stellen.

„Irgendwie habe ich wirklich viel wirres Zeug geredet. Tut mir leid." Ich versuchte, meine Verlegenheit mit einem Lachen zu überspielen, während Suzunasan mit ernster Miene zuhörte.

„Nein, überhaupt nicht. Ich fand es sehr aufschlussreich."

Aufschlussreich? Ich wüsste nicht, was daran aufschlussreich sein sollte.

„Yagasaki-san, darf ich dir eine Frage stellen?"

„Ja, natürlich."

„Du hättest ja fast einen Unfall verursacht."

„Ja."

„Hast du keine Angst vor dem Fliegen bekommen?"

„Angst vielleicht nicht … aber ich habe das Vertrauen in alles verloren."

„Du hast das Vertrauen verloren?"

„Ja", nickte ich, „sowohl in die Flugzeuge als auch in meine Fähigkeiten. Deshalb dachte ich, ich sollte noch einmal von vorn anfangen, und habe es mit Little Hawk versucht. Von Anfang an, nach Vorschriften, aufrichtig und bodenständig."

„Und, wie sieht es jetzt aus?"

„Ich gebe mir Mühe, soweit es mir Trottel möglich ist. Solange ich nicht direkt neben einem anderen Flugzeug fliegen muss, ist alles paletti. Nur das könnte ich nicht."

„Ach, so ist das …"

Suzuna-sans Stimme wurde leiser.

„Yagasaki-san, du bist wirklich toll. Nach der Krise bist du wieder auf die Beine gekommen und fliegst jetzt sogar einen Kampfjet. Aber ich … ich habe nicht das Gefühl, dass ich aus diesem Zustand herauskomme."

Sie kam nicht aus dem Zustand heraus – mit anderen Worten, sie hatte Angst vor dem Fliegen. Sie konnte nichts gegen ihre Angst tun.

Plötzlich kam mir diese Assoziation in den Sinn. Ein schöner Vogel saß auf einem Ast und schaute in den Himmel, aber er wagte nicht zu fliegen, weil er Angst hatte. Vom Ast aus blickte er melancholisch in die Ferne. Wie könnte man ihm helfen, fliegen zu lernen? Leider fiel mir auf die Schnelle keine Antwort ein.

„Vielleicht werde ich nie etwas erreichen ...", hörte ich sie mit schwacher Stimme sagen.

Suzuna-san starrte zu Boden. Ihre Hände waren in die Oberschenkel gekrallt. Sie sah aus, als würde sie gleich in Tränen ausbrechen, aber sie hielt ihre Gefühle im Zaum.

Folgende Worte kamen automatisch aus mir heraus: „Das wird nicht passieren, Suzuna-san. Selbst wenn du nur einen Zentimeter vorankommst, ist das schon ein Fortschritt."

Das war ein Rat aus zweiter Hand. Worte, die ich vom Schuldirektor erhalten hatte.

„Du kannst Schritt für Schritt vorankommen, in deinem eigenen Tempo. Aber wenn du stehen bleibst, wird sich nichts ändern."

Wenn sie nicht versuchte zu fliegen, würde sie nie fliegen können. Die Realität kannte keine Gnade. Wenn sie doch nur einen Grund für den ersten Schritt sehen würde! Ich ärgerte mich über meine Unfähigkeit, ihr einen Grund zu geben.

„Darf ich es wirklich in meinem eigenen Tempo versuchen?", fragte sie, den Blick auf den Boden gerichtet.

„Aber ich bin so begriffsstutzig ..."

„Begriffsstutzig?", fragte ich erstaunt.

Ein Wort, mit dem ich nicht gerechnet hatte. Ich machte große Augen.

„Nein, überhaupt nicht. Auf mich wirkst du alles andere als begriffsstutzig."

„Wirklich?"

„Ja. Du machst dir fleißig Notizen und bist sehr ernst bei der Sache. Wenn du den Dreh raushast, läuft der Rest von allein."

Ich sprach aus Erfahrung. Ich kannte Schüler des ersten Campus in meinem Jahrgang, bei denen dies der Fall war. Sie gaben mir das Gefühl, dass ich gegen sie nicht verlieren durfte, und so gab mir noch mehr Mühe.

„Deshalb, Suzuna-san, ist der Gedanke, vorankommen zu wollen, das Entscheidende."

Ich streckte meine Finger gerade aus und zeigte sie in die Flugrichtung, als würde ich sie mit „Go! Go!" anfeuern.

„Gehen wir es einfach Schritt für Schritt an".

Ein natürliches Lächeln breitete sich auf meinem Gesicht aus. *Wieso lächele ich*, fragte ich mich.

Mit großen Augen schaute Suzuna-san mich an.

Oh nein, hatte ich mich lächerlich gemacht?, fürchtete ich kurzzeitig, bis Suzuna-san auch anfing zu lächeln.

„Yagasaki-san, du bist etwas Besonderes."

„Findest du?"

„Ja. Der Schuldirektor hat mir gesagt, dass du toll bist. Er sagte, das Fliegen sei ein Teil deines Lebens. Als ich dich so mühelos durch den Himmel fliegen sah, dachte ich, dass du wirklich großartig bist ..."

Wie hatte mich der Schuldirektor denn bitte vorgestellt?!

Ich wurde das unangenehme Gefühl nicht los, als hätte mich jemand ungefragt mit hochwertigem Blattgold vergoldet.

„Deshalb befürchtete ich, dass ein hervorragender Pilot wie du enttäuscht sein könnte, wenn du siehst, wie ich mit den einfachsten Dingen kämpfe. Ich dachte, du könntest ungeduldig werden und fragen: ‚Warum schaffst du nicht einmal das Grundlegendste?'"

„Nein, so etwas würde ich nie zu dir sagen, nicht einmal im Traum."

War ich so gemein in ihren Augen? Vielleicht war es einfach das, was sie vermutet oder sich vorgestellt hatte.

„Deshalb habe ich gesagt, dass du etwas Besonderes bist. Du bist so ein netter Mensch."

Ich wurde rot. Es war das erste Mal, dass ein Mädchen so etwas zu mir sagte. Mit knallrotem Gesicht versuchte ich meine Scham zu verbergen.

Nach einem kurzen Moment des Schweigens richtete Suzuna-san ihren Blick ernst auf mich und fragte: „Yagasaki-san, auch wenn ich vielleicht niemals so gut wie du sein werde, meinst du, dass ich auf meine eigene Weise den Himmel erobern kann?"

„Natürlich. Für die Grundlagen musst du nur den Anweisungen folgen", antwortete ich prompt.

Im Gegensatz zum Kunstflug konnte jeder fliegen lernen. Suzuna-san sollte es auch schaffen.

„Wenn das so ist ... hätte ich eine Bitte an dich ..."

„Okay."

Suzuna-san zögerte ein wenig, als ob es ihr schwerfiele, die Worte zu finden, aber dann sprach sie: „Ich kann weder starten noch landen, bekam nur Ärger von meiner Ausbilderin und Seufzer von meinem Manager. Ich hasste mich dafür, dass ich nichts auf die Reihe bekomme. Aber ich will dieses Projekt unbedingt zu Ende bringen. Weil ich mein altes Ich, das nichts hinbekommen hat, hinter mir lassen wollte, bin ich Idol geworden. Wenn ich wieder scheitere, kann es sein, dass ich wirklich nichts mehr zustande bringe."

Nichts mehr zustande bringen. Plötzlich musste ich an mich vor drei Monaten denken. Nach dem schweren Vorfall, für den ich verantwortlich war, hatte ich das Vertrauen in meine liebsten Flugzeuge verloren. Beinahe hätte ich angefangen, das Fliegen zu hassen. Ich hatte ähnliche Gedanken und das Gefühl, ein Nichtsnutz, Ballast zu sein. Wäre ich einen Schritt weitergegangen, wäre ich in den Abgrund gestürzt. Aus dieser Situation hatte mich der Schuldirektor gerettet.

„Es klingt vielleicht komisch, wenn ich sage, dass ich mich auf jemanden verlasse. Aber es gibt sonst niemanden, auf den ich mich verlassen kann. Deshalb bitte ich dich, mir zu helfen, auf welche Weise auch immer. Ich werde mich revanchieren. Ich werde mich für jede Hilfe erkenntlich zeigen ... Bitte hilf mir!"

Suzuna-san senkte den Kopf so tief, wie es das enge Cockpit zuließ.

Der Schuldirektor hatte mir geholfen, kurz bevor es zu spät war. Jetzt war es an mir, Suzuna-san zu helfen.

„Natürlich, Suzuna-san. Ich werde dir helfen, so gut ich kann. Bis du fliegen kannst, werde ich dir mit Rat und Tat zur Seite stehen. Lass uns gemeinsam unser Bestes geben!"

„Ja! Vielen Dank! Ich bin so froh, dass du so nett bist." Sie weinte vor Freude.

Ihre Stimme klang so glücklich, dass ich von der Freude mitgerissen wurde. Meine Ohren glühten förmlich. Wenn ich mich überhaupt nützlich machen konnte, dann wohl bei dieser Gelegenheit.

Nun war auch sie hoch motiviert.

„Wollen wir landen? KI, My Flight." Ich gab der KI den Befehl, den Autopilot aufzuheben.

„Autopilot wurde deaktiviert. Your Flight", antwortete die KI und schaltete die Steuerung auf den manuellen Modus.

„Ach ja, das fällt mir gerade ein. Wir haben noch gar nicht über die Besonderheiten dieses Flugzeugs gesprochen. Ich werde schrittweise auf die Details eingehen, aber eine repräsentative Besonderheit ist die Neigung des Flugzeugs, nach links zu drehen."

„Nach links zu drehen?"

„Genau. Auch wenn man gerade nichts tut, fühlt es sich so an, als hätte man das linke Pedal getreten."

„Das linke Pedal ... Ich schreibe es mir auf."

Suzuna-san schrieb eifrig mit.

„Bei der Landung spürt man diese heikle Besonderheit. Wir sind kurz vor der Landung, dann kannst du es am eigenen Leib erfahren."

Wir flogen zurück zur Houshou-Akademie. Als wir bei der Schülerin im Kontrollturm um Landeerlaubnis baten, erteilte sie uns diese gleichgültig: „Macht doch, was ihr wollt."

Was auch immer das sollte ...

Der Ostwind blies ohne Richtungsänderung weiter. Wir entschieden uns für Piste 07, fuhren Fahrwerk und Landeklappen aus und passten die Motorleistung an.

„Wir können es ganz locker angehen", sagte ich am Steuer. „Wie du siehst, wird die Anflugroute bis zur Piste angezeigt. Wir müssen uns nur daran halten, dann können wir ganz normal landen."

Im Sichtfeld wurde die beste Anflugroute bis zur Landebahn angezeigt. Die Route wurde ringförmig dargestellt. Die Ringe, die alle 250 Meter erschienen, bildeten einen Tunnel bis zur Landebahn. Folgte man der Mitte des Tunnels, würde man auf der Landebahn landen.

Diese Anzeige wurde Anflugroute genannt. Es gab verschiedene Darstellungsmöglichkeiten, aus denen man je nach Vorliebe eine auswählen konnte, wie zum Beispiel den Tunnel, den wir sahen, oder eine Kombination aus Dreiecken und

Strichen – ▷—◁. Ich hatte mich für den Tunnel entschieden, den man aus der Ferne gut sehen konnte.

„Ich zeige dir einen Trick. Hier siehst du den Auftriebsbeiwert, oder?"

„Ähm … Ja, der Auftriebsbeiwert wird angezeigt."

„Wir sollen die Motorleistung so einstellen, dass der Wert zwischen 20 und 25 liegt."

„20 bis 25 … Ich schreibe es mir auf." Suzuna-san machte sich Notizen.

„Dann sollen wir uns die Geschwindigkeit *mit dem Körper merken*."

„Okay, mit dem Körper … Mit dem Körper?!"

Suzuna-san, wie sie einfach sie selbst war, war wirklich entzückend.

„Wenn man beim Landen nur auf die Anzeigen schaut, bekommt man nicht nur Ärger vom Ausbilder, sondern bringt sich auch in Gefahr. Deshalb müssen wir uns das Gefühl für die genau richtige Geschwindigkeit mit dem Körper einprägen, die Geschwindigkeit und den Auftriebsbeiwert im Augenwinkel sehen, auf die Umgebung vor und um uns herum achten und langsam landen. Das klingt schwierig, ist aber sehr wichtig."

„I-ich verstehe!"

Wir folgten der Anflugroute und flogen weiter abwärts.

„Gleich dürften wir die heikle Eigenart des Flugzeugs zu spüren bekommen. Eigentlich müssen wir auf das rechte Pedal treten, um der Neigung des Flugzeugs, nach links zu drehen, entgegenzuwirken. Jetzt lasse ich das Pedal los. Schau mal, was dann passiert."

Bis dahin bewegte sich das Flugzeug in der Mitte des Tunnels und steuerte auf die Landebahn zu. Aber nachdem ich das Pedal losgelassen hatte, bewegte es sich immer weiter von der Mitte der Kreise nach links.

„Ach so …"

„Sind wir nicht zu weit links? Wenn man jetzt in Panik gerät und auf das rechte Pedal tritt, ungefähr so …" Mit etwas Kraft drückte ich das rechte Pedal nach unten. Das Flugzeug rutschte nach rechts und entfernte sich wieder von der Mitte des Tunnels.

„Jetzt sind wir zu weit rechts. Das kommt einem merkwürdig vor, also versucht man, die Schräglage auszugleichen, indem man auf das linke Pedal tritt oder den Steuerknüppel nach links und rechts zieht. Dadurch beginnt das Flugzeug zu schwanken und verlässt seine ursprüngliche Position. In solchen Fällen muss man durchstarten, das heißt, man unternimmt einen neuen Landungsversuch."

Die Landebahn erstreckte sich direkt unter uns, doch wir hatten uns von ihrer Mittellinie zu weit nach rechts entfernt. Zudem befanden wir uns noch in beträchtlicher Höhe, und unsere Geschwindigkeit drohte über das Ziel hinauszuschießen. Ich entschied, dass wir durchstarten würden, und bereitete alles vor, um einen weiteren Landeversuch zu unternehmen.

„Eine weitere Besonderheit des Flugzeugs ist, dass es in Bodennähe instabiler wird, vorwiegend bei der Landung. Es neigt dann dazu, zur Seite zu rutschen. Eine schlechte Eigenschaft, die alle Flugzeuge mit nur einem Propeller gemeinsam haben."

„Ich verstehe. Ich schreibe es mir auf!" Suzuna-san machte sich weiterhin fleißig Notizen.

„Deshalb dürfen wir nicht in Panik geraten und müssen es langsam angehen lassen. Wir schauen nach vorn, folgen der Anflugroute, bis wir uns in der Mitte der Landebahn befinden, und fliegen langsam abwärts. Bitte stell dir das Bild im Kopf vor."

„Nicht in Panik geraten. Es langsam angehen lassen …"

„Gut. Dann lass uns noch mal landen. Übrigens, beim Steigflug bitte nicht die volle Motorleistung geben, sonst driftet das Flugzeug nach links ab."

„Ja! Auch beim Motor soll man die Leistung langsam erhöhen, oder?"

„Genau. Bei der Landung muss man auf jeden Fall vorsichtig und ruhig bleiben. Das ist notwendig. Denn die Landung ist das Gefährlichste am Fliegen."

Ich fuhr das Fahrwerk wieder ein und setzte die Landeklappen zurück. Nach einer großen Rechtskurve wurde ein neuer Landeversuch unternommen.

„Bevor man zur Landebahn zurückkehrt, muss man sich unbedingt beim Kontrollturm melden. Jetzt sind wir zwar die Einzigen am Himmel, aber manchmal trifft man auf die Kunstflugstaffel des ersten Campus beim Training oder auf einen Alarmstart der Fliegeroffiziere."

„Alles klar!"

Nachdem wir die Erlaubnis vom Kontrollturm bekommen hatten, fassten wir neuen Mut und versuchten es noch einmal. Dieses Mal trat ich auf das rechte Pedal und blieb in der Mitte der Anflugroute.

Wir näherten uns der Piste. Dann passierten wir die Markierung 07 am Ende der Landebahn. Mit gehobener Flugzeugnase reduzierten wir die Geschwindigkeit und setzten zur Landung an. Das seitliche Hauptfahrwerk berührte den schön gepflasterten Asphalt. Dann setzte auch das Bugfahrwerk auf. Ich drosselte die Motorleistung.

„Das war die Landung."

„Eine saubere Landung. Noch beeindruckender als erwartet." Suzuna-san senkte respektvoll den Kopf.

○

Natürlich hätte es keinen Sinn ergeben, wenn unser Training nach einem Rundflug schon vorbei gewesen wäre. Nachdem sie mir über die Schulter geschaut hatte, musste sie noch viel im Simulator üben. Da wir die Möglichkeit hatten, beschloss ich, die Flugsimulation mit einem echten Flugzeug durchzuführen.

Ich fuhr das Flugzeug in den Hangar und schloss es an die externe Stromversorgung an. Dann steckte ich das Kommunikationskabel ein und verband das Flugzeug mit dem Zentralrechner der Akademie. Suzuna-san und ich loggten uns mit unseren digitalen Gehirnen in das Flugzeug ein, um den Simulationsmodus zu starten.

Der Zentralrechner der Akademie, der für seine starke Rechenleistung bekannt war, erstellte im digitalen Raum eine imaginäre Houshou-Akademie. Nachdem Little Hawk mit dem digitalen Raum verbunden war, konnte sie die Insassen, die mit dem digitalen Gehirn eingeloggt waren, in die fiktive Welt mitnehmen. Als Pilot konnte man das Steuersystem des Flugzeugs bedienen und durch die imaginäre Welt fliegen.

Durch die Verbindung mit dem digitalen Gehirn wurden die Daten direkt ins Gehirn übertragen, sodass der Pilot das Gefühl des Schwebens und die Veränderung der Schwerkraft spüren konnte. Aber man sollte es nicht übertreiben, sonst wurde einem schwindelig. Man nannte das Simulatorkrankheit, was vergleichbar mit der Reisekrankheit war. In schlimmeren Fällen konnte man nicht einmal stehen. Die Lösung bestand darin, viele Pausen einzulegen.

Die digitale Houshou-Akademie war kaum von der echten zu unterscheiden. Trotzdem fiel mir sofort der Unterschied auf: Außer uns beiden war niemand in der ganzen Akademie.

Ich legte den Start im Hangar des zweiten Campus fest und überließ Suzuna-san den Steuerknüppel. Da es sich um eine Simulation handelte, durfte sie auch ohne Ausbilder fliegen.

Zuerst sollte sie vom Hangar auf die Start- und Landebahn fahren. Für die Fahrt am Boden wurde der Steuerknüppel nicht benutzt. Man konnte das Flugzeug mit den Ruderpedalen lenken, das Fahrwerk mit dem Bremspedal oberhalb der Ruderpedale abbremsen und die Geschwindigkeit mit dem Gashebel anpassen. Da der Steuerknüppel nicht benutzt wurde, war es etwas knifflig.

Auf dem Boden des Hangars war eine orangefarbene Linie markiert, der Suzuna-san folgen sollte und von der sie stark abwich. Sie konnte nicht in der Mitte bleiben, rutschte nach links oder rechts und geriet ins Schlingern. Kein Wunder, dass ihre Ausbilderin sauer wurde.

Solange sie das Fahren am Boden nicht beherrschte, konnten wir nicht mit dem Starttraining beginnen, also mussten wir so lange üben, bis sie problemlos fahren konnte. Ich bat sie, die Startbahn und verschiedene andere Strecken zu fahren.

Nach einer kurzen Pause sollte sie nun abheben. Nach der Rollbahn erreichte sie die Startbahn. Sie erhöhte die Triebwerksleistung und leitete den Rollvorgang ein. Nach V_1 und V_R hob die Flugzeugnase ab ... V_2 war erreicht. Der Start gelang ohne große Schwierigkeiten. Da aber Fahrwerk und Landeklappen noch unten waren, wurde sie von der KI gewarnt. So ging das nicht. Das hätte Ärger gegeben. So hätte sie noch einen Unfall gebaut.

Dabei war der Start noch relativ einfach. Man musste nur den Anweisungen folgen. *Das größere und schwierigere Problem ist die Landung*, dachte ich. Leider lag ich mit meiner Einschätzung nicht falsch.

Beim ersten Landeversuch war sie zu weit nach links von der Landebahn abgekommen und zu hoch, weshalb sie durchstarten musste. Nachdem sie wieder aufgestiegen war, vergaß sie, Fahrwerk und Landeklappen einzufahren und wurde von der KI gewarnt.

Erneuter Landeversuch. Die Höhe stimmte zwar, aber das Flugzeug driftete immer weiter nach links. Dann hatte Suzuna-san das rechte Pedal zu stark durchgetreten und war zu weit nach rechts von der Landebahn abgekommen. Durchstarten, dieses Mal in ziemlich gefährlicher Höhe. Ein Ausbilder hätte ihr sicher die Leviten gelesen.

Der dritte Versuch. Dieses Mal schaffte sie es, die Mitte der Landebahn zu treffen, aber sie war zu hoch und in einem schlechten Winkel, sodass das Flugzeug kurz vor der Landung das Gleichgewicht verlor und ins Schlingern geriet. Ich erkannte die Gefahr und griff zum Steuerknüppel, um den Durchstart einzuleiten. Gefährlich, gefährlich. Fast wäre es zu einem schweren Unfall gekommen.

„Yagasaki-san, kannst du es mir erneut zeigen?"

Suzuna-san sah aus, als würde sie gleich in Tränen ausbrechen, und senkte den Kopf.

„Alles klar. Mach dir nichts draus. Selbst wenn man bei einer Simulation abstürzt, stirbt man nicht."

Ich übernahm die Steuerung mit *My Flight*, um noch einmal zu landen. Ich passierte die Mitte der Anflugroute, die an einen von Ringen gebildeten Tunnel erinnerte, und flog abwärts, bis das Flugzeug mit hochgezogener Nase den Boden berührte. Dann erhöhte ich die Geschwindigkeit und hob ab.

„So ungefähr. Versuchen wir's noch einmal."

„Ja."

Suzuna-sans vierter Landeversuch. Sie wich kaum von der Mitte der tunnelartigen Anflugroute ab und flog langsam abwärts … Das sah gut aus!

Nur, dass wir immer noch ziemlich weit oben waren. Wenn es so weiterginge, würde sie die ideale Landestrecke verpassen und im inneren Teil der Piste landen. Das wäre aber immer noch besser, als vor der Piste zu landen.

„Das sieht bis jetzt gut aus. Alles in Ordnung", sagte ich zu ihr.

Aber aus irgendeinem Grund kündigte Suzuna-san einen neuen Durchstart an. Langsam erhöhte sie die Motorleistung und stieg auf.

„Huch? Warum startest du durch?"

„Na ja, weil ich durch den oberen Teil des Tunnels geflogen bin …"

„Ach so, ich verstehe."

Sie war wohl ein sehr gewissenhafter Mensch. Ich lächelte verlegen und versuchte, ihr den Rücken zu stärken.

„Die Abweichung lag noch im Rahmen. Es wäre kein Problem gewesen, im inneren Teil der Piste zu landen, du hättest nur einen Hinweis vom Ausbilder bekommen."

„Oh, wirklich?"

„Ja", nickte ich, „dagegen ist es gefährlicher, zu weit außen zu landen. Da kann es passieren, dass man das Equipment der Anlage wie Fluchtwegbeleuchtung trifft. Also merk dir, lieber zu weit innen als zu weit außen."

„Alles klar. Wenn wir aufgestiegen sind, schreibe ich es mir auf!"

„Du machst das gut. Langsam, aber sicher wirst du immer besser."

Da sie es beim vierten Mal so weit geschafft hatte, war ich zuversichtlich. Ich war gespannt, wie der fünfte Versuch aussehen würde.

Die horizontale Position war in Ordnung, sie war ziemlich genau in der Mitte. Aber sie war etwas zu hoch. Aus dem Tunnel der Anflugroute driftete sie immer weiter nach oben. Sie hatte sich voll auf die seitliche Position konzentriert und die vertikale Position vernachlässigt. Wenn sie so weitermachte, würde sie wieder im inneren Teil der Landebahn landen.

Aber wie zuvor erwähnt, war das immer noch besser, als unter dem Tunnel der Anflugroute durchzufliegen und zu weit außen auf der Piste zu landen.

„Alles in Ordnung. Keine Panik."

In diesem Moment war es am wichtigsten, ein Gefühl für die Landung zu entwickeln. Ich riet ihr, weiterzufliegen. Als ich in der Mittelstufe war und keine Ahnung vom Fliegen hatte, konnte ich auch nicht perfekt nach der Anflugroute landen. Da es nicht schlimm war, innen zu landen, lernte ich zuerst, die Seitenlage bei der Landung anzupassen.

Aus irgendeinem Grund musste ich an meine Zeit in der Mittelstufe denken, an mein Grundlagentraining, bei dem ich mich unter dem glühenden Zorn der strengen Ausbilder zusammengerissen hatte. Obwohl es erst eineinhalb Jahre her war, kam es mir so vor, als wäre es vor einer Ewigkeit gewesen.

Suzuna-san passierte den idealen Landepunkt, der durch die Flugroute angezeigt wurde, und flog weiter zum inneren Teil der Landebahn, ohne von der Mitte der Landebahn abzuweichen. Die Neigung der Flugzeugnase war ebenfalls korrekt eingestellt.

Langsam, langsam flog sie abwärts ... Etwas zu langsam, aber noch im Rahmen. Aller Anfang ist schwer.

... Landung. Das Hauptfahrwerk setzte auf der Landebahn auf. Ich spürte, wie wir den Boden berührten. Dann kam auch das Bugfahrwerk in Kontakt mit dem Boden. Die Vibrationen vom Aufsetzen und das Geräusch der Reifen drangen in meine Ohren.

„Ähm ... Ha-habe ich die Landung geschafft?", fragte Suzuna-san ängstlich.

„Ja, das hast du. Bitte mach noch den Motor aus, sonst platzen die Reifen."

„Äh, ja!"

Der Motor wurde abgeschaltet und automatisch auf regeneratives Bremsen umgeschaltet. Der Propeller wirkte wie ein Windrad. Er wandelte die kinetische Energie in elektrische Energie um und bremste damit das Flugzeug ab.

„Gleichzeitig musst du noch die Räder abbremsen. Bitte tritt langsam auf das Bremspedal. Wenn man nicht aufpasst, könnte man sogar einen Brand verursachen."

„Einen Brand ...?"

„Wenn man zu schnell bremst, erhitzen sich die Scheibenbremsen der Räder, im schlimmsten Fall kann es zu einem Brand kommen. Deshalb bitte langsam bremsen."

„Jawohl."

Suzuna-san trat ehrfürchtig auf das Pedal und das Flugzeug wurde immer langsamer.

„Normalerweise macht man das nicht, aber lass uns auf der Piste anhalten. Bitte reduziere die Geschwindigkeit bis zum Stillstand."

„Ja!"

Da die regenerative Bremse des Propellers auf halber Strecke ausfiel, konnte dann nur noch mit den Scheibenbremsen des Fahrwerks gebremst werden. Es war zwar möglich, den Propeller auf Umkehrschub zu stellen, aber das würde den Motor überlasten und wurde in der Regel nicht gemacht.

Geschwindigkeit null. Wir stoppten auf der Landebahn. Eigentlich darf man nur im Notfall mitten auf der Piste anhalten, aber da wir in einer Simulation waren, hatte ich ein Auge zugedrückt.

„Das war super. Eine erfolgreiche Landung."

„Äh ... Habe ich es geschafft?"

„Ja, du hast es geschafft. Gratuliere!", klatschte ich in die Hände. Jeder Erfolg zählte.

„Lass uns eine Pause machen. Im Simulationsmodus muss man viele Pausen machen, sonst bekommt man die Simulatorkrankheit."

Sich zu sehr auf eine Sache zu konzentrieren, hatte manchmal den gegenteiligen Effekt. In der Realität würde die KI die Simulation unweigerlich nach eineinhalb Stunden beenden, da die Belastung für das Gehirn sonst zu groß wäre.

Wir teilten der KI des Flugzeugs das Ende des Simulationsmodus mit. Die KI leitete automatisch die notwendigen Schritte ein, um uns von der imaginären Houshou-Akademie zu trennen.

Zurück in der Realität befanden wir uns im düsteren Hangar. Mary-chan, die auf uns aufgepasst hatte, grüßte uns: „Willkommen zurück."

„Na dann, Zeit, uns auszuruhen ... Was ist denn los?"

Obwohl die Verbindung zum digitalen Gehirn unterbrochen war, saß Suzuna-san nur geistesabwesend da.

„Suzuna-san?"

„Habe ich es wirklich geschafft?"

Ihr Gesichtsausdruck verriet, dass sie mit einem Ereignis konfrontiert war, das sie kaum fassen konnte. Vielleicht war sie so überrascht, weil es ihr leichter gefallen war als erwartet? Um ihr zu helfen, diese Realität anzunehmen, sprach ich sie direkt an: „Ja, du hast es geschafft. Die Landung war erfolgreich."

Nach der Anzeige der Landebahn landete sie zwar zu weit innen und wich 200 Meter von der idealen Landestrecke ab, aber das zu sagen, wäre taktlos gewesen.

„Du hast etwas erreicht. Lass uns Schritt für Schritt weitermachen", wiederholte ich, denn auch kleine Erfolge sollten gefeiert werden.

Suzuna-san wandte sich mir zu und sah mich mit leicht feuchten Augen an.

„Das habe ich alles nur dir zu verdanken", sagte sie. „Nur dank deines Unterrichts bin ich vorangekommen. Ohne dich wäre ich nur auf der Stelle getreten ..."

Ich war überwältigt von ihrem entschlossenen Blick und ihrer bewegten Stimme

„Nein, also, ich habe nur, äh ... dir ein paar Tipps gegeben."

„Selbst wenn! Dank dir habe ich Fortschritte gemacht!"

Suzuna-san hielt ihre Hände vor der Brust gefaltet, blickte auf den Boden und murmelte vor sich hin: „Ich wusste, dass du mein ... P ..."

Das letzte Wort konnte ich nicht verstehen. Aber wegen ihres zu Boden gesenkten Blicks und ihrer geröteten Wangen wollte ich die Frage lieber für mich behalten.

Ich sah, dass sie etwas sehr stark berührt hatte, aber ich hatte das Gefühl, dass ich mich nicht einmischen durfte, als würde ich sonst den emotionalen Moment zerstören.

„Jedenfalls freue ich mich, dass ich dir nützlich sein konnte."

Letzten Endes war das alles, was ich sagen konnte. Von einem Mädchen „dank dir" zu hören, löste in mir ein Gefühl von Glück und Scham aus. Ich war einfach überfordert von der Situation, mit der ich zum ersten Mal konfrontiert war.

Da ich nicht wusste, was ich sagen sollte, drängte ich sie nur: „Komm, wir machen jetzt eine Pause."

Lächelnd sagte sie: „Okay", und nickte.

Ja, ich war wirklich uncool, in vielerlei Hinsicht. Was würde ein attraktiver Mann wohl in so einer Situation tun?

Übrigens hatten wir in der Pause die Daten des Protokolls gelesen. Suzuna-san, die erfahren hatte, dass ihre letzte Landung 250 Meter zu weit innen war, ließ den Kopf direkt wieder niedergeschlagen hängen.

„Ich habe wohl noch viel zu lernen …", seufzte sie schmerzlich.

Aller Anfang ist schwer. Solange man keinen Zusammenstoß oder einen schweren Zwischenfall verursachte, war alles noch im grünen Bereich.

Wir setzten die Übung mit Pausen fort. Durch die Wiederholungen schien Suzuna-san den Dreh rauszuhaben. Auch bei der Landung hatte sie sich deutlich verbessert. Sie landete zwar immer noch zu weit innen und wich von der idealen Landestrecke ab, aber die Abweichung wurde immer geringer. Die seitliche Abweichung war bereits im Toleranzbereich und sie schien der Tendenz des Flugzeugs zum Linkshang gut entgegenwirken zu können.

Zum Schluss bat ich sie, in einem Durchgang vom Hangar über die Rollbahn auf die Startbahn zu fahren, zu starten, zu wenden, zu landen und wieder zum Hangar zurückzufahren.

Diese Übung konnte sie ohne einen einzigen Fehler abschließen. Das war beeindruckend. Am Morgen hatte sie noch geseufzt: „Ich bekomme nichts auf die Reihe", aber sie machte wirklich bewundernswerte Fortschritte.

Nach dem Training legte sie ein strahlendes Gesicht auf.

„Vielen herzlichen Dank, dass du mir heute geholfen hast!"

Mit einem klaren Lächeln verabschiedete sie sich von mir und verbeugte sich. Wieder dachte ich daran, was für ein höflicher Mensch sie war.

Da sich Suzuna-san bei der Agentur für Talent-Verwaltung melden musste, verabschiedeten wir uns auf dem zweiten Campus. In der Abenddämmerung sah ich sie mit einem Dolly wegfahren und stieg selbst in einen, um zum dritten Campus zu gelangen.

Ich traf mich mit meinem Ausbilder, um ihm vom heutigen Tag zu berichten und ihn nach den Plänen für morgen zu fragen. Wie heute sollte ich auch morgen Suzuna-san ein Spezialtraining geben.

Einzelunterricht mit einem hübschen Mädchen ... Eine traumhafte Situation. Ich hätte mir nicht einmal im Traum vorstellen können, dass meine Fantasie Wirklichkeit werden würde.

Während ich über die Ereignisse des Tages nachdachte, überwog vor allem das Gefühl der Erleichterung, den Tag unversehrt überstanden zu haben. Das war das stärkste Empfinden. Auch die Kommunikation, die mir zuvor so viel Kopfzerbrechen bereitet hatte, schien ohne größere Probleme verlaufen zu sein ... zumindest hoffte ich das. Sie hatte nicht so etwas wie „Du nervst, Zwerg" gesagt, was vielleicht ein gutes Zeichen dafür war, dass alles recht gut gelaufen war.

Außerdem konnte ich sehen, wie sie langsam, aber sicher Fortschritte machte und immer mehr Selbstvertrauen gewann. Das gab auch mir das Gefühl, etwas erreicht zu haben. Zu zweit ein Ziel zu verfolgen, hatte mir Spaß gemacht.

Auf jeden Fall war ich froh, dass Suzuna-san eine freundliche, ruhige Person war. Jemand anderes hätte es vielleicht nicht ausgehalten, mit einem dummen, uncoolen Typen wie mir allein zu trainieren. Sie sagte zwar, dass ich ein netter Mensch sei, aber das galt vor allem für sie.

Suzunas Seite

Wegen Yagasaki-san war mein Herz von Gefühlen überflutet.

Er hatte mir verschiedene Dinge beigebracht. Wir hatten uns über verschiedene Themen unterhalten. In meinem Kopf funkelten die Erinnerungen an die Zeit mit ihm wie glänzende Juwelen.

„Suzu, willkommen zurück. Wie war dein Tag?"

Als ich ins Wohnheim zurückkam, erzählte ich Serina, die im Zimmer auf mich wartete, alles über den heutigen Tag.

„Also, Serina, Yagasaki-san war ..."

„Mhm."

„... unglaublich süß und toll und nett. Er war wirklich super!"

„Äh ... aha. Was ist denn passiert?"

Ich plauderte mit Serina über mein Training mit Yagasaki-san und erzählte ihr spontan, was mir in den Sinn kam. Mir fiel auf, dass Yagasaki-san etwas kleiner als ich war, was ich irgendwie niedlich fand. Seine gelegentlichen Witze, die dazu dienten, die Stimmung zu lockern, vermittelten mir den Eindruck, dass er ein sehr rücksichtsvoller Mensch war.

Seine Erklärungen zum Flugzeug waren leicht verständlich. Selbst wenn ich etwas nicht verstand, erklärte er es geduldig, bis ich es verstanden hatte. Er war ein echtes Ass im Fliegen. Er steuerte das Flugzeug, als wäre es ein Teil von ihm. Es war das erste Mal, dass ich jemanden so natürlich fliegen sah, dass selbst ich neben ihm dachte, ich sei ein Teil dieser Natürlichkeit.

Allerdings war Yagasaki-san auch einmal in einen Unfall verwickelt. Als er darüber sprach, sah er wirklich traurig aus. Aber dass er sich wieder aufgerappelt hat, fand ich bewundernswert. Das galt auch für sein halb lachendes, halb weinendes Gesicht, als er sagte: „Ich bin einfach unsterblich in das Fliegen verliebt." Ich konnte seine brennende Leidenschaft für das Fliegen spüren.

Es war so viel passiert. Ich fühlte mich immer mehr zu ihm hingezogen. Der heutige Tag war für mich ein unersetzbarer Schatz.

Ich konnte nicht genug von ihm reden und erzählte immer weiter. Bis Serina sagte: „Okay, Suzu! Beruhige dich, sonst bringst du mich noch auf die Palme."

Als Serina mich plötzlich unterbrochen hatte, kam ich wieder zu mir.

„Oh ... Tut mir leid."

Schließlich fiel mir auf, wie ich mich selbst vergessen hatte und wie ein Wasserfall gesprochen hatte.

„Ja, ich verstehe schon. Jedenfalls ist mir klar, dass du eine gaaaanz besonders schöne Zeit mit ihm hattest."

Dass sie sarkastisch wurde, bedeutete wohl, dass ich ziemlich nervig gewesen sein musste. Oh Mann, das war mir so peinlich ...

„Aber schön, dass dein Spezialtraining gut gelaufen ist."

Ich nickte, obwohl das Training nur dank Yagasaki-san gut verlaufen war. Ohne ihn wäre ich nicht da, wo ich jetzt war.

Er war unschuldig, freundlich und süß. Er war etwas Besonderes, denn allein durch seine natürliche Art zu fliegen, konnte ich ein Teil dieser Natürlichkeit werden. Durch seinen Flugunterricht beherrschte ich etwas, was ich vorher nicht konnte, und das nach nur einem Tag.

Ich fühlte etwas, das ich noch nie zuvor gespürt hatte ...

Für mich war heute ein ganz besonderer Tag in meinem bisherigen Leben.

„Serina. Ich glaube, ich habe ihn gefunden."

„Wen gefunden?"

Ich sagte Serina, was ich wirklich über Yagasaki-kun dachte.

„Ich habe ihn endlich gefunden. Meinen Prinzen."

Den Prinzen aus meinem Lieblingsbilderbuch. Ein kleiner, freundlicher, wunderbarer Prinz. Yagasaki-san war genauso. Er war mein Prinz, davon war ich überzeugt.

„Gibst du dich wirklich mit jemandem zufrieden, der so unzuverlässig aussieht?"

Mit einem Lächeln auf den Lippen antwortete ich Serina, die etwas erstaunt dreinschaute: „Er ist kein unzuverlässiger Mensch. Wirklich ... für mich ist er wie ein Prinz."

„Wenn du das sagst."

Serina erwiderte meine Worte mit einem warmen, fürsorglichen Lächeln.

„Erzähl mir später mehr, jetzt musst du dich erst mal um deinen Blog kümmern."

Serinas Worte holten mich in die Realität zurück.

„Blog ... Da war ja was!"

„Du hast ihn schon seit einem Monat nicht mehr aktualisiert. Du solltest dich langsam beeilen."

„Du hast recht ... Okay, ich mache mich an die Arbeit."

„Ich helfe dir. Wenn ich nicht auf dich aufpasse, schreibst du noch eine Lobeshymne auf Yagasaki-san."

„Als ob ich so was tun würde ..."

Da es sich um den offiziellen Blog des Projekts handelte, durfte ich nichts Persönliches schreiben. Das war mir klar. Aber ich wollte die Ereignisse des Tages nicht oberflächlich wiedergeben. Deshalb ließ ich ein wenig von meinen wahren Gefühlen in meinen Blogeintrag einfließen.

Yagasakis Seite

Als ich in der Nacht die Homepage von „Project Fly High" aufrief, sah ich, dass der Blog von Suzuna-san aktualisiert worden war. Schnell las ich den neuen Eintrag. Um den langen Text zusammenzufassen: Sie entschuldigte sich dafür, dass sie so lange keinen Blogartikel geschrieben und die Leser verunsichert hatte, und schrieb weiter über ihr Training mit einem Schüler aus der Luftfahrtklasse und ihre Eindrücke.

Ein Teil des Artikels ließ mich rot werden.

„Der Schüler aus der Luftfahrtklasse konnte so natürlich fliegen. Das war so beeindruckend, dachte ich. Aber er hätte sicher nur verlegen gelacht, wenn ich gesagt hätte, dass er natürlicher fliegen kann als alle anderen."

Sie kannte mich gut. Ich musste verlegen lachen.

Allerdings stand im Text auch etwas Schockierendes.

„Dieser Schüler soll auch im Fliegen eines Kampfflugzeugs ausgebildet werden. Ich habe gehört, dass es in Japan nur zwei Flugzeuge dieses Typs gibt. Wie sieht ein Kampfjet wohl aus? Ich kann es mir nicht vorstellen."

Waaaaaaah!

Suzuna-san, hör auf! Wenn das jemand lesen würde, der mich kennt, wüsste er, dass ich gemeint wäre! Aber mein Hilferuf kam zu spät, denn der Eintrag wurde vor einer Stunde veröffentlicht. Ich konnte nur beten, dass niemand vom dritten Campus den Blog las.

Suzuna-san schloss den Artikel mit folgenden Worten ab: „Ich bin noch weit davon entfernt, mich eine selbstständige Pilotin nennen zu können, aber ich komme Schritt für Schritt voran. Ich hoffe, dass ich eines Tages frei am Himmel fliegen kann. Ich möchte so natürlich fliegen können wie der Schüler aus der Luftfahrtklasse."

Ich lief bis über die Ohren rot an. Zu viel des Lobes. Aber … ja, ich hatte mich gefreut. *Vielen Dank.*

Ehe ich mich versah, war es schon Zeit, das Licht zu löschen. Ich schlief ein, ohne zu beten, dass der nächste Tag gut werden würde.

Einfaches Glossar

Feather Planes

Die Flugzeuge der nächsten Generation, auch als New-Generation Aerial Vehicles (NAV) bekannt, nutzen die revolutionäre Technologie der Nanomaschinen, um die Form ihrer Tragflächen anzupassen. Diese Anpassungsfähigkeit erzielt denselben Effekt wie traditionelle Steuerflächen wie Seitenruder, Klappen und Querruder und trägt wesentlich zur Manövrierfähigkeit des Flugzeugs bei. Zudem wird der aerodynamische Stabilisierungseffekt der Nanomaschinen genutzt, um die Flugstabilität zu verbessern.

Eine weitere bahnbrechende Eigenschaft dieser Flugzeuge ist die Integration mit digitalen Gehirnen, die es dem Piloten ermöglicht, das Flugzeug direkt durch Gedanken zu steuern. Diese Verbindung gewährleistet eine nahezu verzögerungsfreie Umsetzung der Steuerbefehle.

Zu den weiteren herausragenden Merkmalen zählt die exzellente Eignung dieser Flugzeuge für Kunstflugmanöver. Deshalb werden sie bevorzugt von der Kunstflugstaffel der Houshou-Akademie eingesetzt.

Das traditionelle Gegenstück zu diesen fortschrittlichen Maschinen sind die Legacy Aerial Vehicles (LAV), die auch als Retro-Flugzeuge bekannt sind.

Kapitel 3: Die furchterregende Ausbilderin Kanagusuku

Der zweite Tag des Spezialtrainings für Suzuna-san brach an.

Beim Morgentraining bemerkte ich, dass eine andere Atmosphäre herrschte. Die Schüler vom dritten Campus wirkten bedrohlich. Dass der dritte Campus eine gewisse Feindseligkeit ausstrahlte, war nichts Ungewöhnliches, aber heute hatte ich das Gefühl, dass sich die Feindseligkeit gesteigert hatte. Alle hatten einen bösen Blick aufgesetzt, vor allem die Jungs. Und ihre scharfen, wütenden Blicke waren aus irgendeinem Grund auf mich gerichtet ... *Warum? Warum?* Ich grübelte, während ich auf meinen Ausbilder wartete.

Der für mich zuständige Ausbilder, ein Mann um die 30 Jahre, war wie immer unbekümmert und schläfrig.

„Yagasaki", rief er, als er den Appell hielt.

„Jawohl!", antwortete ich.

„Gut, du bist also da. Gib auch heute dein Bestes und genieße den Tag mit dem Idol."

„Ja ... nein, das ist nicht der Sinn der Sache!"

Heute sollte ich wie gestern nur mit ihr üben. Nur das. Obwohl es nur das war, hatte sich die Feindseligkeit durch unser Gespräch noch einmal verdoppelt und fast das Niveau von Mordlust erreicht. Ich hörte, wie sich die anderen Schüler, primär die aus dem dritten Jahr der Oberstufe, beschwerten: „Der ist das also ...", oder „Verdammt, der hält sich wohl für was Besseres."

Als wäre das nicht genug, rief auch noch der Ausbilder des dritten Campus: „Ruhe! Dass der mit dem Idol rummacht, hat nichts mit euch zu tun! Reißt euch zusammen!"

„Jawohl!!"

Die Antwort der Schüler war so ohrenbetäubend wie das Dröhnen eines Kampfflugzeugs mit vollem Nachbrenner. Ich dachte wirklich, die Erde hätte gebebt.

„Nein, Herr Ausbilder, ich habe nicht mit ihr rumgemacht!"

Ich korrigierte ihn. Hätte ich das nicht getan, hätten mich die anderen Schüler bei lebendigem Leib aufgefressen. Aber ich hatte eher das Gegenteil erreicht.

„Sei still, du Glückspilz! Ich bin überhaupt nicht eifersüchtig auf dich! Denkst du, ich will mit dir tauschen? Falsch gedacht! Verdammt noch mal!", sagte der Ausbilder halb lachend, halb frustriert. Die Schüler des dritten Campus brachen in Gelächter aus.

Die Ausbilder der Houshou-Akademie waren allesamt humorvoll, auch wenn sie streng waren. Sobald man ihren Humor kennengelernt hatte, konnte man die Akademie schwer wieder verlassen.

Die Schüler lachten zeitweilig, dann machte der Ausbilder ein ernstes Gesicht und brüllte: „Jetzt, wo ihr euch entspannt habt, noch mal Appell! Reißt euch zusammen!"

„Jawohl!!"

Es muss anstrengend gewesen sein, dass sie sogar den Appell wiederholen mussten. *Gebt euer Bestes!*, feuerte ich sie innerlich an.

Wie ist es herausgekommen, dass ich Suzuna-san das Spezialtraining gegeben hatte?

Ich hatte es ganz vergessen, aber jetzt fiel es mir wieder wie Schuppen von den Augen. In Suzuna-sans Blog stand alles klar und deutlich. Die Houshou-Akademie war zwar groß, aber es gab genau einen Schüler, der im Fliegen eines Kampfflugzeugs ausgebildet wurde, und das war leider ich.

○

Es war 7:30 Uhr morgens. Zur gleichen Zeit wie gestern traf ich mich mit Suzuna-san, neben der Kagawa-san stand. Kagawa-san trug heute die Uniform der allgemeinen Fachrichtung. Ihre dünne Strickjacke hatte sie um die Taille gebunden. Obenrum trug sie nur eine weiße, lange Bluse. Ihr Faltenrock war so kurz, dass ich nicht wusste, wo ich hinschauen sollte.

Sobald Kagawa-san mich sah, lief sie direkt auf mich zu. Begleitet von dem leichten Geräusch, das ihre Loafer machten, die den Beton berührten, verringerte sich der Abstand zwischen uns.

Kagawa-san war etwas größer als Suzuna-san. Sie war schick wie ein Laufstegmodel. Weil sie größer war als ich, hatte ich das Gefühl, dass sie auf mich herabsah, wenn ihr Gesicht näher kam.

„W-was ist denn?"

Mit verärgertem Gesicht musterte sie mich aus nächster Nähe.

„Mhm ..."

Sie murmelte. Ich schluckte.

„Vielleicht hatte Suzu recht."

„Was?"

Kaum hatte ich geantwortet, nahm sie mich plötzlich in den Schwitzkasten.

„Ugh?!"

„Du bist echt ein komischer Kauz."

„Wäh?!" Ich fühlte mich ausgeliefert und stieß einen Schrei aus.

„Vor dir fühle ich mich so … wie soll ich sagen, so natürlich. Ich frage mich, warum."

„Fühlst du dich natürlich, wenn du einen Wrestling-Angriff durchführst?"

„Hm, wer weiß? Aber wenn ich dich sehe, überkommt mich das natürliche Verlangen, dich anzugreifen."

„Was soll denn das heißen?"

Dass sie mich mit ihren schlanken Armen in den Schwitzkasten nahm, mich unter ihre weiße Bluse packte und ihre vollen Brüste auf meine Wangen legte, war für Männer wie mich eher eine Belohnung, aber warum fühlte sie sich dabei natürlich?!

„Na, wie gefällt dir das?"

„Was meinst du? Das klingt wie bei einer Kostprobe."

„So etwas Peinliches habe ich doch gar nicht gesagt!" Sie drückte weiter zu.

„Hyyaa!!" *Bitte hör auf, zuzudrücken!*

Es war die Hölle. Das Tabu, das weiche, sanfte Gefühl, den süßen Duft des Deodorants für Frauen nicht genießen zu dürfen, machte es für mich zu einer Qual!

„Serina, Yagasaki-san fühlt sich nicht gut."

Suzuna-san eilte zu Hilfe! Hervorragend! Aber Kagawa-san blieb eiskalt.

„Ihm scheint es aber Spaß zu machen?"

Das stimmt doch gar nicht! „Mir macht es gar keinen Spaß! Lass mich los!"

„Hm. Vielleicht war es etwas zu viel für dich."

Kagawa-san ließ von mir ab. Endlich war ich frei. Ich fiel auf alle viere.

„A-alles in Ordnung?", fragte Suzuna-san besorgt.

„Es wird schon wieder …"

Ich streichelte meine linke Gesichtshälfte. Ich spürte noch die Weichheit und das Metall ihres BHs. *Hach …*

Während ich auf den Boden schaute, hörte ich Kagawa-sans Stimme hinter mir.

„Na dann, pass gut auf Suzu auf. Sie ist nicht so körperkontaktfreudig wie ich. Wenn du ihr etwas antust, bringe ich dich um!"

„Mach dir keine Sorgen, ich habe nicht vor, jetzt schon zu sterben."

Das helle Geräusch ihrer Loafer entfernte sich, aber das Gefühl blieb. Vielleicht sollte ich mein linkes Gesicht für eine Weile nicht mehr waschen. Während ich über solche Dummheiten nachdachte, versuchte ich, meine Gefühle und meinen Atem unter Kontrolle zu bringen.

Langsam richtete ich meinen Oberkörper auf. Mir gegenüber hockte Suzuna-san in der gleichen Pilotenuniform wie gestern. Als sich ihre engelsgleiche Gestalt in meine Netzhaut einbrannte, vergaß ich alles andere. Als ob ein frischer Wind durch mein Herz wehte, fühlte ich mich erfrischt.

„Suzuna-san, guten Morgen", grüßte ich.

„Guten Morgen, Yagasaki-san."

Lächelnd erwiderte sie meine Begrüßung und verbeugte sich. *Ahh …* Sie glänzte nicht nur durch ihr hübsches Aussehen, sondern auch durch ihr höfliches Benehmen. Sie war einfach schön. Jede ihrer Bewegungen strahlte Schönheit aus.

Sie war ein Engel. Ein anmutiger Engel, von Gott gesandt. Ich war fest davon überzeugt. Den Tag mit diesem Engel in Zweisamkeit verbringen zu dürfen … war einfach das Beste.

„Heute geht's weiter."

„Ja!"

Und so begann der schöne Tag.

Zuerst benutzten wir ein echtes Flugzeug für die Vorflugkontrolle. Als ich ihr sagte, dass es nichts ausmache, ihre Notizen zu verwenden, antwortete sie selbstbewusst: „Nein, es passt schon! Ich habe mir alles gemerkt!"

Sie begann mit der Kontrolle, ohne in ihre Aufzeichnungen zu schauen. Sie hielt sich vom Propeller fern und überprüfte das Bugfahrwerk. Dann kontrollierte sie die Inspektionsöffnung des Triebwerks auf der linken Seite, stellte sicher, dass mit der linken Tragfläche alles in Ordnung war, und überprüfte die Landeklappen an der linken Tragfläche und das Seitenruder ...

Sie hatte es gemeistert. Ich freute mich für sie.

Nach ihrer Kontrolle wiederholte ich den Vorgang, um sicherzugehen, dass sie nichts übersehen hatte. Und das hatte sie auch nicht. Super!

„Gut gemacht, Suzuna-san. Das war perfekt!"

Mit einem Applaus lobte ich sie.

„Nein ... Ich habe es nur geschafft, weil du es mir beigebracht hast."

Sie blickte schüchtern zu Boden. Wegen ihrer Worte schämte ich mich auch ein wenig.

„Ach was, ich habe dir nur ein wenig geholfen. Das ist das Ergebnis deiner harten Arbeit."

Sicherlich hatte sie gestern den ganzen Abend lang mit ihren Notizen oder einem Lehrbuch gelernt, um sich den Ablauf einzuprägen. Das Ergebnis war ihr Verdienst. Ich hatte nur vor mich hin geredet.

„Dann starten wir den Simulationsmodus und führen den Prozess vom Start bis zur Landung durch."

„Ja."

Es war zwar etwas aufwendig, aber wir fuhren Little Hawk zurück in den Hangar, stiegen wieder ein und verbanden uns mit dem digitalen Gehirn. Wir loggten uns in die fiktive Houshou-Akademie ein, und bat Suzuna-san, vom Hangar des zweiten Campus aus zu starten. Sie folgte dem Ablauf eins zu eins. Die Vorbereitung verlief fehlerfrei.

Sie löste die Feststellbremse und ließ das Flugzeug mit der Kraft des Propellers vorwärts gleiten. Die Regel war, nicht direkt aus dem Hangar herauszufahren, sondern die Fahrt mit der Fußbremse schnell zu stoppen, um die Bremse zu überprüfen. Auch das war ihr problemlos gelungen.

Sie fuhr von der Rollbahn auf die Piste 25. Da Westwind wehte, war ihre Entscheidung hinsichtlich der Windrichtung richtig. Das Flugzeug rollte an und hob ab. Ein reibungsloser Start. Auch das Fahrwerk und die Landeklappen hatte sie rechtzeitig eingefahren. Gut gemacht.

Sie flog schnell nach links, um zu landen. Würde es auf Anhieb klappen? Leider nicht. Sie war zu hoch und musste durchstarten. Aber Suzuna-san ließ sich nicht beirren, sondern behielt die Ruhe und ging methodisch vor. So wie gestern bei der letzten Landung.

Zweiter Landeversuch. Sie landete etwas zu weit innen, aber die Landung war erfolgreich. Die Landung schien ihr allgemein schwer zu fallen. Dabei war sie keinesfalls schlecht darin. Ganz im Gegenteil: Nach nur einem Tag hatte sie schon so große Fortschritte gemacht, dass sie eindeutig zu den Besseren gehörte. Wenn sie noch ein wenig übte, würde sie auch das Okay ihrer Ausbilderin bekommen.

Nach der Landung bat ich sie, in den Hangar zu fahren und den kompletten Ablauf bis zum Ende durchzuführen. Auch hier hielt sie sich genau an die Anweisungen.

„In einem Durchlauf geschafft, gut gemacht!" Ich applaudierte.

Suzuna-san verbeugte sich.

„Ja, dank dir."

Ich schämte mich wegen ihrer Antwort. Ich fand nicht die richtigen Worte und sagte nur: „Nein, nein. Wir sind schon sehr weit gekommen. Jetzt musst du nur noch der Ausbilderin zeigen, dass du es wirklich drauf hast. Genauer gesagt, du musst besser landen und bei verschiedenen Bedingungen starten und landen können, zum Beispiel bei Regen oder in der Nacht."

Die heutige Simulation fand bei Sonnenschein und leichtem Wind statt, also unter optimalen Bedingungen. In der Realität war das Wetter natürlich nicht immer auf der Seite des Piloten. Nicht nur das Wetter, sondern auch die Tageszeit hatte einen großen Einfluss auf die Stimmung am Himmel. Der Morgen, der Abend und die Nacht hatten ihre eigenen Schwierigkeiten. All diese Situationen sollten in der Simulation so weit wie möglich abgedeckt werden. Wer bei Regen nicht landen konnte, konnte keinen Flugschein machen.

„Was ist an einem Regentag anders?", fragte Suzuna-san etwas besorgt.

„Um ehrlich zu sein, wenn es regnet, sieht man nichts", sagte ich, „Man muss sich auf die Informationen des GPS und die Informationen des Kontrollsystems zur Steuerung und die Fluchtwegbeleuchtung der Landebahn verlassen und mit Entschlossenheit und Willensstärke landen."

„Entschlossenheit und Willensstärke …?!"

„Am Ende ist es leider wieder eine Frage der Mentalität. Wenn man nicht entschlossen genug ist zu landen, schafft man es nicht."

„Ich frage mich, ob ich es auch schaffe."

„Keine Sorge, du schaffst das. Du musst dich nur daran gewöhnen. Lass uns die Simulation benutzen und ganz viel üben."

Im Simulationsmodus wurde jede Situation korrekt und detailliert dargestellt, und wenn man einen Fehler machte, musste man nicht mit dem Leben bezahlen. Das mussten wir ausnutzen.

„Wollen wir die Übung mit dem schlechten Wetter für später aufheben und uns zuerst darauf konzentrieren, den Landepunkt etwas nach außen zu verlegen?"

„Ja!", nickte Suzuna-san.

„Die Ausbilder des zweiten Campus sind gnädig. Wenn man keinen fatalen Fehler macht, meckern sie in der Regel nicht. Aber da deine Ausbilderin bisher nur kritisiert hat, musst du so gut werden, dass sie ihren Augen nicht traut. Wollen wir's ihr zeigen?"

Ich versuchte, witzig zu sein, aber Suzuna-san wirkte überraschend bedrückt.

„Ähm ... Yagasaki-san, meine Ausbilderin ist ...“

„Ja?"

„... überhaupt nicht gnädig", sagte Suzuna-san mit einem besorgten, steifen Gesichtsausdruck.

„Na ja, die Ausbilder meckern schon, wenn es etwas zu meckern gibt, aber solange man es richtig macht ...", sagte ich, um ihr ein positives Bild von den Ausbildern zu vermitteln, aber Suzuna-san schüttelte den Kopf.

„So wirkte sie nicht. Sie war sehr streng ..."

„Oh. Bei Ausbildern des zweiten Campus kommt das nicht oft vor. Ich habe gehört, dass sie im Allgemeinen locker sind."

Da sich auf dem zweiten Campus eine Flugschule für Normalos befand, vergleichbar mit einer Fahrschule, waren die Ausbilder besonders nachsichtig, denn bei zu strengen Lehrern blieben die Kunden weg.

Aber sie waren nur nachsichtig im Vergleich zum ersten und dritten Campus. In den Berichten von Leuten, die einen Pilotenschein an der Houshou-Akademie erworben hatten, stand immer, dass die Lehrer streng waren. In den Augen der Normalsterblichen waren sie wohl ziemliche Nörgler. Suzuna-san war auch nur ein „Normalo". Es wunderte mich nicht, dass sie die Ausbilderin als streng empfand. Trotzdem hatte ich das Gefühl, dass etwas nicht stimmte. Wenn es wirklich eine so strenge Ausbilderin gegeben hätte, wäre das Gerücht sicher auch zu mir durchgedrungen, obwohl ich sonst nicht so auf Klatsch und Tratsch stand. Aber ich hatte nichts davon mitbekommen.

„Übrigens, weißt du, wie die Ausbilderin heißt?"

Suzuna-san nickte.

Selbst wenn sie mir den Namen der Ausbilderin vom zweiten Campus nannte, wüsste ich nicht sofort, um wen es sich handelte, aber ich könnte meine vielen Beziehungen nutzen, um an die Informationen zu kommen. Da ich mich mit dem Sekretariatsleiter der Fachrichtung Flugzeuginstandsetzung des dritten Campus gut verstand, könnte ich auf diesem Weg vielleicht ein paar Tipps bekommen. Wenn ich wüsste, mit wem wir es zu tun hatten, könnten wir entsprechende Maßnahmen ergreifen. Es wäre besser, die Ausbilderin zu kennen, als auf gut Glück zu trainieren. Es gibt doch dieses Sprichwort: Wer seine Feinde und sich selbst kennt, wird auch in hundert Schlachten nicht untergehen.

Suzuna-san nannte ängstlich den Namen der Ausbilderin: „Meine Ausbilderin ist Kanagusuku-san."

Damit hatte ich überhaupt nicht gerechnet. Denn ich kannte diesen Namen. Soweit ich wusste, gab es an der Houshou-Akademie keine andere Ausbilderin mit diesem Namen. Wenn es sich wirklich um sie handelte, dann war das keine Ausbilderin vom zweiten Campus, sondern eine vom ersten, nämlich für den Elitekurs für Kunstflugpiloten.

„Ka-na-gu-su-ku", wiederholte ich Silbe für Silbe, „Ausbilderin Kanagusuku-san, sagst du? Eine schöne Frau mit leicht gebräunter Haut und einem scharfen Blick. Eine Person, die sich beim Training in einen Teufel verwandelt?"

„Ja ..."

Suzuna-san nickte. Ich hatte das Gefühl, dass sie Tränen in den Augen hatte. Ich verstand sie. Dann schrie ich, ohne nachzudenken: „Uaaah! Kana-chan!! Das klingt hart."

Ich legte die Hände an den Kopf und schaute nach oben. Ich konnte nicht anders, denn sie gehörte zu den strengsten Ausbildern der Akademie. Kein Wunder, dass Suzuna-san vollkommen runtergemacht wurde und niedergeschlagen war. Jetzt ergab alles Sinn.

„Kana-chan?"

„Genau. Aber sprich sie bloß nicht damit an, sonst bringt sie dich noch um."

Nur wer lebensmüde war, würde sie mit dem Spitznamen ansprechen. Ich hatte es schon erlebt, dass ein Schüler sie aus Spaß Kana-chan nannte und sofort den

Tod im Kerker fand. Natürlich war der Tod im Kerker nur eine Metapher, in Wirklichkeit wurde er weder getötet noch verletzt.

Jedenfalls war die Ausbilderin Kanagusuku-san aka Kana-chan eine teuflisch berühmte Persönlichkeit der Akademie. Gerüchten zufolge war sie Patrouillenfliegerin der Marine und verlangte von ihren Schülern militärische Disziplin. Außerdem lachte sie nie. Obwohl sie aus Okinawa stammte, hörte man sie nie im okinawanischen Dialekt „Das wird schon irgendwie" sagen. Die Lockerheit des Südens? Das konnte man vergessen. Ihre Ausstrahlung erinnerte eher an Sibirien ...

„Kanagusuku-san war ursprünglich Ausbilderin für die Mittelstufe auf dem ersten Campus. Sie war für ihre furchterregende Art bekannt und brachte auch die Jungs zum Weinen."

„Ja, sie macht einem wirklich Angst ...", sagte Suzuna-san zitternd.

Aber um ehrlich zu sein, war sie nicht nur furchterregend. Die Schüler des ersten Campus wussten das.

„Eigentlich ist sie im Herzen ein netter Mensch. Zum Beispiel, wenn die Schüler, die sie ausgebildet hat, die Mittelstufe erfolgreich abschließen, weint sie vor Freude."

Das war eine wahre Geschichte. Ein Teil der Legende von Kana-chan. Aber Suzuna-san schien es nicht zu glauben.

„Ist das wirklich passiert?"

„Ja, wirklich. Oder als wir ihr zum Geburtstag alle einen Kuchen mitgebracht haben, hat sie zwar gesagt, ‚Das war doch nicht nötig', aber dann hat sie zugeschlagen wie ein Scheunendrescher."

„Oh ..."

„Und nach den Sommerferien kam sie mit einem Haufen Sata Andagi, frittierten Teigbällchen aus Okinawa, zurück. Sie hat sie an uns verteilt und gesagt, das würde uns mehr Energie geben. Sie erzählte, sie sei in ihrer Heimat gewesen und habe mit ihrer Großmutter viele davon gemacht. Ich habe auch welche probiert, sie waren wirklich köstlich!"

„Ich bin überrascht, dass sie so offenherzig ist."

„Ihre Strenge ist nur die andere Seite ihrer Nettigkeit. Wenn beim Kunstflug ein Unfall passiert, geht es um Leben und Tod."

Auch bei Kunstflugzeugen gab es Sicherheitsmaßnahmen, die jedoch nicht hundertprozentig Unfälle ausschließen konnten. Zudem war Kunstflug generell riskanter als gewöhnliches Fliegen, und in bestimmten Situationen war ein Unfall durchaus möglich. Mit der Annahme, dass die Sicherheitsvorkehrungen ausreichen würden, würde man sich nur unnötig Gefahren aussetzen. Daher mahnte Kanagusuku-san häufig: „Verlass dich nicht auf die Sicherheitsvorkehrungen des Flugzeugs!" und „Wehe, du verursachst einen Unfall!", um das Bewusstsein der Schüler zu schärfen. Sie hatte uns diese Worte so oft wiederholt, dass sie uns tief ins Gedächtnis eingebrannt waren. Als Lehrerin lag ihr am Herzen, dass keiner ihrer Schüler bei einem Unfall verunglücken sollte.

„Deshalb nennen die Schüler des ersten Campus sie heimlich liebe- und respektvoll ‚Kana-chan'."

„Ich verstehe."

„Jetzt, wo wir wissen, dass Kanagusuku-san deine Ausbilderin ist, müssen wir uns richtig ins Zeug legen. Sie ist nämlich eine Perfektionistin."

„Ja, damit komme ich nicht klar …"

„Keine Sorge, wenn du alles richtig machst, wird sie sich nicht beschweren. Also lass uns die Landung üben, bis du sie perfekt beherrschst."

„Ja. Ich habe zwar kein Vertrauen in mich, aber ich gebe mein Bestes!"

So setzten wir die Übung fort. Aber wie kam es, dass Suzuna-san, die zum zweiten Campus gehörte, von Kanagusuku-san vom ersten Campus unterrichtet wurde? Auf diese Frage hatte ich keine Antwort. *Ist denn etwas vorgefallen?*

○

Wir trainierten mit Pausen. Ehe wir uns versahen, war es Mittag. Am Mittag gab es eine kleine Überraschung.

„Yagasaki-san, ich … habe Mittagessen für uns gemacht", sagte Suzuna-san. Ihre nächsten Worte schockierten mich.

„Wollen wir zusammen zu Mittag essen?"

„Äh …" Ich erstarrte zu einer Salzsäule.

„Es ist nur eine Kleinigkeit … Du hast so viel für mich getan. Ich wollte mich damit bedanken."

Dass ich mit einem Mädchen ihr selbst gemachtes Mittagessen essen durfte! So eine Chance konnte ich mir nicht entgehen lassen.

„Ist das in Ordnung?"

„Natürlich, ich nehme es gerne an! Es wäre mir eine Ehre!"

Es klang, als wollte ich es unbedingt haben. Ich muss ekelhaft gewirkt haben.

„Okay!"

Trotzdem antwortete Suzuna-san mit einem freundlichen Lächeln. Sie war wirklich ein Engel.

Vor dem Hangar des zweiten Campus aßen wir zu Mittag. Solange man Essensreste und den Müll nicht liegen ließ, durfte man vor dem Hangar essen. Die Ausbilder der Houshou-Akademie waren großzügig, solange man sich an die Regeln hielt.

Suzuna-san hatte einen großen Korb mitgebracht. Darin befanden sich sorgfältig zubereitete Sandwiches, die so gut aussahen, dass sie sie ohne Probleme hätte verkaufen können.

„Ich habe viel gemacht. Iss so viel du willst."

„Wow! Dann bediene ich mich."

Zuerst nahm ich einen Bissen von einem Eiersandwich. Ich konnte mit Sicherheit sagen, dass es viel besser als eines aus dem Supermarkt schmeckte!

„Lecker! Suzuna-san, du kannst gut kochen."

„Nicht doch, ich habe nur den Toast mit den Zutaten belegt."

„Doch, doch, könntest du nicht gut kochen, wären die Sandwiches nicht so gut geworden."

Denn sie waren sorgfältig zubereitet. Sogar die Schnittfläche des Toasts war perfekt gerade! Das Vergnügen, diese Kunstwerke, die von ihren eleganten Händen gezaubert worden waren, für mich allein zu haben, war das höchste der Gefühle!

Nachdem ich das Eiersandwich aufgegessen hatte, probierte ich ein Schinkensandwich. Auch sehr lecker! Die Soße erinnerte mich an das Dressing für Caesar Salad. Die Säure und die Schärfe setzten interessante Akzente, wirklich gut!

„Das schmeckt so gut, dass ich am liebsten eine Million Mal auf ‚Gefällt mir' klicken würde!"

„Vielen Dank!"

Ich wollte zwar schnell das nächste Sandwich probieren, aber zu schnell zu essen wäre unhöflich, also kaute ich langsam, um den Geschmack zu genießen.

Plötzlich fragte mich Suzuna-san: „Yagasaki-san, wie lange fliegst du schon?"

„Ich?", ich zeigte auf mich selbst und sah, dass sie nickte. „Hm … seit etwas mehr als anderthalb Jahren, glaube ich. Ich bin als Stipendiat an die Mittelstufe der Luftfahrtfakultät gekommen und wurde auf dem ersten Campus als Pilotenanwärter für das Kunstflugteam ausgebildet."

Das war auf jeden Fall keine schulische Ausbildung mehr, sondern harter Drill. Wir wurden ständig von den Ausbildern angeschrien und mussten uns an die strenge Hierarchie halten. Da die Ausbildung auf militärischen Formaten basierte, war das zu erwarten, es war allerdings wirklich anstrengend. Aber dadurch wurde ich optimal ausgebildet. Ich beschwerte mich oft, doch ich war nicht unzufrieden.

„In den ersten eineinhalb Jahren hatten wir Theorieunterricht, Krafttraining und Simulatorübungen. In der zweiten Hälfte des zweiten Jahres durfte ich endlich ein Flugzeug anfassen, eine Little Hawk, einen Mehrsitzer mit senkrecht angeordneten Sitzen."

„Ein Mehrsitzer …?"

„Ein Modell, in dem zwei Personen hintereinander sitzen können."

Der Mehrsitzer mit waagerecht angeordneten Sitzen, den Suzuna-san flog, war übrigens das Standardmodell für Zivilflugzeuge. Senkrecht angeordnete Sitze waren in Zivilflugzeugen eher selten.

„Mit der Little Hawk habe ich mein Grundlagentraining abgeschlossen und die Prüfung bestanden. Im dritten Jahr der Mittelstufe sollte ich ein Feather Plane fliegen … Sagt dir der Begriff etwas?"

„Ich kenne mich damit nicht aus … War das das Flugzeug der nächsten Generation?"

„Genau", nickte ich, „mit der Kraft der Nanomaschinen wird direkt die Form der Flügel verändert und der Flug gesteuert. Das von den Nanomaschinen erzeugte Kraftfeld wird ebenfalls genutzt."

„Ähm, Hightech nennt man das, oder?"

„Ja, genau. Feather Planes sind mittlerweile ziemlich weitverbreitet und kosten so viel wie ein Luxusflugzeug."

Feather Planes, auch NAV genannt, waren Flugzeuge der neuen Generation. Sie wurden nicht mit einem Steuerknüppel oder Gashebel gesteuert, sondern direkt und intuitiv durch eine direkte Verbindung mit dem digitalen Gehirn. Man sagte, ein Feather Plane sei das Flugzeug, mit dem man am natürlichsten fliegen könne.

Da es sich um sehr leistungsfähige Flugzeuge handelte, waren auch die Preise entsprechend hoch. Ein neues, normales Kleinflugzeug aus der Massenproduktion kostete etwa so viel wie ein etwas teureres Luxusauto, aber für ein Feather Plane musste man mindestens das Dreifache bezahlen.

Wenn ich anfangen würde, über Feather Planes zu reden, würde das zu einem zweistündigen Vortrag ausarten, also hielt ich mich lieber zurück.

„Die Flugeigenschaften des Feather Plane sind perfekt für Kunstflug geeignet. Deshalb fliegt das Kunstflugteam der Houshou-Akademie nur Feather Planes, und die Pilotenanwärter natürlich auch."

„Ach so."

„Im dritten Jahr der Mittelstufe habe ich angefangen, mit einem Feather Plane zu fliegen. Zuerst mit Olivia, einem einfachen Modell, dann mit Cecilia, einem richtigen Feather Plane", an dieser Stelle lachte ich bitter, „dann ist der ernste Vorfall passiert."

Mitten in der Prüfung, bei der zwei Cecilias dicht nebeneinander fliegen sollten, verlor ich wegen eines Softwarefehlers das Bewusstsein und wäre beinahe mit dem Flugzeug der Ausbilder zusammengestoßen. Es grenzte an ein Wunder, dass ich mit dem Leben davongekommen war.

„Danach war ich drei Wochen vom Himmel weg und fing wieder von vorn an. Von Little Hawk mit horizontalen Sitzen über Little Hawk mit vertikalen Sitzen zu Dolphin mit Mantelstromtriebwerk zu dem Flugzeug, mit dem ich jetzt fliege …"

Suzuna-san schaute verwirrt. Ich zog an der Stelle einen Schlussstrich.

„So ungefähr. Ich fliege noch nicht so lange."

„Ich weiß nicht genau, was das für eine Leistung ist, aber ich finde es beeindruckend."

„Nein, nein, das war nichts Besonderes. Es gibt viele Leute, die besser sind als ich."

Ja, die gab es. Ich war nichts Besonderes.

„Aber", warf Suzuna-san sein, „ich finde dich beeindruckend. Du kannst so natürlich fliegen wie ein Vogel."

„Findest du? In der Mittelstufe habe ich viel Blödsinn gemacht. Einmal wurde ich sogar vom Ausbilder ‚Sonderling' genannt."

Als ich einmal mit Little Hawk im Simulator Kunstflug übte, sah mich der Ausbilder und schimpfte: „Mach keinen Blödsinn in der Grundausbildung! Was bist du für ein Sonderling!" Im Nachhinein war es eigentlich eine schöne Erinnerung.

„Aber ja, weil ich immerzu nur ans Fliegen gedacht habe, kam mir irgendwann das Fliegen ganz natürlich vor."

„Das denke ich auch. Wirklich, so natürlich ... Wenn ich weiter mit dir übe, kann ich vielleicht auch so natürlich fliegen ..." Suzuna-san sah mich mit einem Lächeln an.

„Ich möchte auch in Zukunft mit dir zusammen üben." Plötzlich äußerte sie diesen Wunsch, und mein Herz begann schneller zu schlagen.

Ihre Worte machten meinen Kopf freier. Wäre das wirklich in Ordnung? Dürften wir so weitermachen? Ich hatte angenommen, dass unsere gemeinsame Zeit mit dem Ende meiner Beratung vorbei sein würde und ich, ähnlich einer benutzten Instantsoßen-Packung, einfach weggeworfen werden würde. Aber war es wirklich möglich, dass wir unsere Zusammenarbeit fortsetzen würden?

Ich erstarrte. Suzuna-san sah ein wenig traurig aus.

„Würde es dich stören? Wenn ja, dann möchte ich dich nicht dazu zwingen ..."

Ich muss irritiert ausgesehen haben. Warum machte ich nur so ein dummes Gesicht?

„Natürlich nicht!", sagte ich direkt und ernst. „Es stört mich überhaupt nicht. Von mir aus sehr gerne!"

Suzuna-sans besorgter Gesichtsausdruck verwandelte sich in ein Lächeln.

„Vielen Dank! So wie heute werde ich mich auch in Zukunft bedanken. Auf gute Zusammenarbeit!"

„Auf gute Zusammenarbeit!"

Wir nickten uns zu.

Ach, dass ich doch weitermachen durfte! Ich wollte die Götter fragen, ob mein Frühling nun endlich angebrochen war. Durfte auch ich die Freuden der Jugend erleben? Die unvergleichlichen, kostbaren Momente des Lebens? Ich war den

Göttern zutiefst dankbar, dass selbst ein Dummkopf wie ich die süßen Früchte der Jugend kosten durfte. Ich richtete meinen Blick gen Himmel und dankte den unsichtbaren Göttern.

Suzunas Seite

Es schien funktioniert zu haben.

In Gedanken hatte ich die Hände zu Fäusten geballt, denn gestern Abend gab mir Serina einen Tipp.

„Wenn du ihn besser kennenlernen willst, warum machst du ihm nicht das Mittagessen?"

„D-das Mittagessen …?"

„Wenn du das Herz eines Mannes erobern willst, dann mit selbst gekochtem Essen. Er hilft dir schon seit Anfang der Woche, so kannst du ihm auch danken. Was hältst du von dem Vorschlag?"

Das war eine tolle Idee.

Ich hatte nicht viel Zeit und ebenso wenig verschiedene Zutaten an der Hand, weshalb ich nur etwas Einfaches zubereiten konnte. Trotzdem hatte sich Yagasaki-san gefreut.

Ich war auch froh, dass ich ihm direkt sagen konnte, dass ich weiter mit ihm üben wollte.

Danke, Serina. Good job! Das nächste Mal werde ich mich erkenntlich zeigen!

Yagasakis Seite

Während ich Suzuna-sans selbst gemachte Sandwiches in mich hineinstopfte, hörte ich plötzlich das Geräusch von Stiefeln, die auf den Betonboden stampften. Ich fragte mich, ob jemand zu uns gekommen war, und sah mich um. Da sah ich die Trägerin der Stiefel hinter der Ecke des Hangars auftauchen. Ich hätte mich fast an meinem Sandwich verschluckt, denn es war Kanagusuku-san.

Sie hatte leicht gebräunte Haut und ein hübsches Gesicht mit strengem Ausdruck. Ihre Augen hinter der randlosen Brille blickten scharf. Ihr schwarzes Haar mit braunem Stich war mit einer Spange fein zusammengehalten, der Pony in der Mitte gescheitelt.

Ich hatte sie schon lange nicht mehr gesehen ... Um ehrlich zu sein, hatte ich richtig Angst vor ihr.

„F-Frau ... *Hust hust.*"

Ich hatte mich zwar nicht verschluckt, hatte aber etwas im Hals. Suzuna-san brachte mir schnell einen Tee.

„Beruhige dich. Es passt schon."

Kanagusuku-san hatte eine tiefe Stimme für eine Frau. Das machte sie noch furchterregender.

„Suzuna."

„Ja-jawohl!"

„Wenn du mit der Mittagspause fertig bist, fliegst du. Zeig mir die Ergebnisse des Spezialtrainings", sagte sie aus dem Nichts. Übrigens trug sie eine dunkelgraue Pilotenuniform. Sie kam also nicht unvorbereitet.

Natürlich war Suzuna-san wie erstarrt.

„Jetzt um Punkt 13 Uhr, Kanagusuku-san?", fragte ich.

„Ja", antwortete sie, „ich habe mir die Daten eurer Simulation genau angesehen. Ihr scheint Fortschritte gemacht zu haben, deshalb wollte ich euch in der Praxis testen."

Sie ließ uns keine Wahl. Wir hatten maximal drei Sekunden Zeit, um zu antworten.

„Fahre die Little Hawk, die ihr benutzt habt, in den Hangar. Vergiss die Bremskeile nicht."

Stampf, stampf ... Der Rücken der teuflischen Ausbilderin entfernte sich.

Die Luft war mit einem Mal schwer geworden. Suzuna-san war steif vor Nervosität, als würde sie nicht einmal atmen. Tatsächlich atmete sie, aber flach. Es war sicher nicht leicht für sie, aber das war genau der Moment, in dem sie ihr Bestes geben musste.

„Suzuna-san ... jetzt sitzen wir wirklich in der Klemme."

„Ja ...", antwortete sie nervös und leise.

„Leider bleibt uns nichts anderes übrig, als unser Bestes zu geben. Wollen wir die Mittagspause etwas früher beenden, um uns vorzubereiten?"

„Ja."

So schnell war mein Frühling vorbei. Wenn ich könnte, würde ich zu Kana-chan sagen: *Können Sie nicht wenigstens warten, bis ich meine Sandwiches auf-gegessen habe?*

O

Noch in unserer Mittagspause fuhren wir Little Hawk in den Hangar, zogen die Feststellbremse, platzierten die Bremskeile und waren damit mit der Vorbereitung fertig. Bevor der Unterricht anfing, bat ich sie, die Vorflugkontrolle noch einmal durchzuführen.

Gerade als der Gong zum Ende der Pause ertönte, kam Kanagusuku-san. Diese Pünktlichkeit war typisch für sie. Sie erschien mit mehreren Leuten vom Bodenpersonal und wirkte wie eine Ritterin, die von Untergebenen begleitet wurde. Wir nahmen die Grundstellung ein, um sie zu empfangen.

„Velen Dank, dass Sie sich die Zeit genommen haben!", sagte ich laut.

„Das brauchst du nicht zu sagen, Yagasaki", sagte sie mit einem scharfen, einschüchternden Blick.

„V-vielen Dank für Ihre Zeit!"

Die Ausbilderin antwortete nur mit einem leichten Nicken und einem „Hm". Das war's.

Nach einem kurzen Briefing begannen wir schnell mit der Flugübung.

„Suzuna, mach mal die Vorflugkontrolle", gab sie Suzuna-san den Befehl.

Suzuna-san antwortete kraftvoll mit „Ja" und begann sofort mit der Vorfluginspektion. Sie fing mit dem Bugrad an und überprüfte sorgfältig die Inspektionsöffnungen, Teile des Seitenruders wie beispielsweise die Klappen und das Hauptfahrwerk. Sie machte es genau richtig: Korrektheit war wichtiger als Geschwindigkeit.

Sie beendete die Inspektion. Meines Erachtens war alles in Ordnung.

Suzuna-san stand Kanagusuku-san gegenüber und ich schräg hinter der Ausbilderin. Konnte Suzuna-san ihr Vertrauen gewinnen?

„Suzuna", fragte Kanagusuku-san scharf, „was ist das Ziel dieser Inspektion, die du gerade durchgeführt hast?"

„Das Ziel ist es, sicher zu fliegen", antwortete Suzuna-san klar und deutlich.

„Dann habe ich noch eine Frage, was hast du bei der Inspektion des Bugfahrwerks überprüft?"

„Ja! Ähm … Ich habe überprüft, ob es ein Ölleck am Zylinder gibt und ob die Reifen dicht und frei von Rissen sind."

Nun kam sie mit den Worten durcheinander. Es war etwas kritisch, aber noch im Rahmen. Jetzt musste sie sich zusammenreißen …

„Und wenn du Auffälligkeiten bemerkt hättest, wie hättest du reagiert?"

„Ja! Ähm … I-ich hätte einen Spezialisten kontaktiert!!"

Ich hatte das Gefühl, dass Suzuna-san gleich das gesagt hatte, was ihr als Erstes in den Sinn gekommen war. Aber es war nicht per se falsch. Ich hatte ihr gesagt, sie solle sich bei Problemen an einen Spezialisten wenden und die Sache lieber einem Fachmann überlassen. Die Frage war nur, ob diese Antwort die hartnäckige Kanagusuku-san zufriedenstellen würde …

„Einen Spezialisten also", sagte die Ausbilderin mit tiefer Stimme. „Wen meinst du damit im Konkreten?"

Suzuna-san schwieg. Das sah nicht gut aus. Wenn sie die Frage nicht beantworten konnte, würde Kanagusuku-san ihr die Leviten lesen! Unsere Blicke trafen sich. Sie starrte mich flehend an. Ich bewegte die Lippen, um ihr zu sagen: „Fachrichtung Flugzeugwartung". Ob es bei ihr angekommen war …?

„I-ich melde mich bei den Schülern der Fachrichtung Flugzeugwartung", antwortete sie. Toll, dass sie die Antwort von meinen Lippen ablesen konnte!

Kanagusuku-san antwortete nur mit einem „Hm" und schwieg. Dann drehte sie den Kopf zu mir und sah mich mit einem furchterregenden Blick an.

„Ihr habt aber gut zusammengearbeitet."

„Ich weiß nicht, wovon Sie reden."

Da ich wusste, dass sie ein guter Mensch war, spielte ich den Unwissenden. Kanagusuku-san, die ein gutes Herz hatte, seufzte nur.

„Na gut. Bereite dich für das nächste Mal so gut vor, dass du alles auch ohne Yagasakis Unterstützung beantworten kannst."

Oh! Anscheinend hatte Suzuna-san die erste Prüfung bestanden. Eine tolle Leistung. Aber für Suzuna-san klang ihre Antwort sicher nur wie harsche Kritik. Sie sagte ängstlich: „Ja!"

„Zeit für den richtigen Flug. Yagasaki, du auch."

„Wie bitte?"

„Damit ihr besser zusammenarbeiten könnt", sagte sie kühl und sarkastisch.

Allerdings konnte ich ihre versteckte Rücksichtnahme spüren. Es war ihre subtile Art der Nachsicht, um die nervöse Suzuna-san zu beruhigen. Im Grunde war Kana-chan doch ein netter Mensch. Ich unterdrückte ein Lachen und antwortete: „Jawohl!"

Wir stiegen in die Little Hawk. Da Suzuna-san vorne links sitzen würde, entschied ich mich für den hinteren rechten Platz, von dem aus ich sie gut sehen konnte. Suzuna-san setzte sich auf den Platz vorne links, neben dem Kanagusuku-san Platz nahm. Dann kam das Bodenpersonal, um uns beim Anschnallen zu helfen.

Wir schalteten den Hauptschalter ein, um die Verbindung zum digitalen Gehirn herzustellen. Auch ich verband mein digitales Gehirn mit dem Flugzeug, allerdings mit der Einstellung, die Anzeigen nicht zu sehen. Aus Erfahrung wusste ich, dass man Reisekrankheit bekam, wenn man nicht in der ersten Reihe saß.

Suzuna-san folgte dem Ablauf unsicher. Da sie Kanagusuku-san die ganze Zeit über beobachtete, brauchte sie länger als sonst. Ich spürte, dass die Atmosphäre angespannt war, und sprach sie darauf an: „Suzuna-san, entspann dich. Kanagusuku-san beißt nicht."

Ein Lächeln erschien auf ihrem vor Nervosität erstarrten Gesicht. Doch dann schaute uns Kanagusuku-san mit starrem Blick an: „Yagasaki, du hast recht, ich beiße meine Schüler nicht."

„Ja."

„Jetzt sei still und erzähl nichts Unnötiges."

„Ja, Kanagusuku-san." Mit unbewegter Miene ignorierte ich den Kommentar der Ausbilderin.

Nach diesem kleinen Zwischenfall wurde Kontakt mit dem Kontrollturm aufgenommen. Heute war nicht Ipponmatsu-san, sondern ein anderer Schüler für die Kontrolle zuständig. Wenn ich die Stimme von Ipponmatsu-san hörte, dachte ich immer, „Geht auch freundlicher?", aber wenn ich sie nicht hörte, fehlte mir etwas. Ein sonderbares Gefühl.

Endlich ging es los. Langsam rollten wir aus dem Hangar auf die Startbahn. Normalerweise bekam man vom Kontrollturm eine Anweisung, welche Startbahn zu benutzen war, dieses Mal sollte die Pilotin zu Testzwecken selbst entscheiden. Suzuna-san entschied sich für Piste 07.

„Suzuna, erklär mir, warum du dich für die Piste 07 entschieden hast", fragte Kanagusuku-san.

„Ja, heute ist das Wetter sonnig und es weht ein Wind aus Ostnordost mit einer Geschwindigkeit von drei Metern pro Sekunde. Deshalb habe ich mich für Piste 07 entschieden!"

„Hm", antwortete Kanagusuku-san, „gut, dass du die Wetterlage im Auge behalten hast, aber diese Information allein reicht nicht aus, um die Entscheidung für Piste 07 zu begründen. Fällt dir nichts anderes mehr ein?"

„Äh ... a-andere Gründe ..."

Leider hatte ich bei der Übung diesen Teil ausgelassen. Ich hatte ihr nur beigebracht, auf die Windrichtung zu achten. Suzuna-san konnte nichts dafür, dass sie ins Stocken geriet. Ein stiller Druck erfüllte das Cockpit.

„Yagasaki", sah sie mich an, „du hast ihr bestimmt nur beigebracht, dass sie auf die Windrichtung achten soll, oder?"

Sie hatte mich durchschaut.

„Ja, Kanagusuku-san, Sie haben recht. Ich hatte das Gefühl, wenn ich ihr alles auf einmal beigebracht hätte, wäre das Wissen wie ein Teig in der Nudelmaschine automatisch weitergeschoben worden und sie hätte vielleicht die wirklich wichtigen Dinge nicht mehr verstanden."

Habt ihr schon mal gesehen, wie Nudeln hergestellt werden? Man gibt den Teig in eine spezielle Maschine, die die fertigen Nudeln herausdrückt. Mit meiner Metapher meinte ich, dass durch den Druck des neuen Wissens das alte Wissen herausgedrückt wird. Mit anderen Worten, wenn man zu viele neue Informationen auf einmal bekommt, vergisst man die alten Informationen, die man gelernt hat. Das versuchte ich mit dem Teig und der Nudelmaschine zu veranschaulichen.

Aber weder Kanagusuku-san noch Suzuna-san zeigten eine Reaktion. Hatten sie meine Metapher nicht verstanden? Ich überlegte und versuchte es mit Gesten zu erklären.

„Also ... man gibt den Teig in die Maschine und dreht an der Kurbel, dann kommen Nudeln raus, versteht ihr? So ungefähr", ich gestikulierte, wie die Nudeln aus der Maschine kommen.

„Was machst du da, Dummkopf! Wir haben deine dämliche Metapher schon verstanden. Wir wussten nur nicht, was wir sagen sollten."

Kanagusuku-san drehte sich plötzlich zu mir um, schimpfte laut und machte ein böses Gesicht. Es spielt zwar keine Rolle, aber das Kabel, mit dem das digitale Gehirn verbunden war, war so lang, dass man sich umdrehen konnte, ohne hängenzubleiben und hinzufallen. Auf dem Gesicht der Ausbilderin konnte ich ein Zeichen erkennen, obwohl ich sonst ziemlich langsam von Begriff war: Weitere Scherze wurden nicht mehr geduldet. Ich streckte den Rücken durch, um eine ernste Haltung einzunehmen.

„Entschuldigen Sie, Kanagusuku-san. Ich habe es übertrieben."

„Schon gut. Jetzt benimm dich wie eine Statue und sei still."

Ich behielt meine ernste Haltung bei und erstarrte zur Statue, ohne meine Beschwerde, dass ich nur Kana-chans Frage beantworten wollte, laut auszusprechen.

Genau in dem Moment, als Kanagusuku-san endlich wieder nach vorn schaute, hörte ich Suzuna-sans helles Lachen erklingen.

„Suzuna, was ist denn so lustig?"

„Nichts", sagte Suzuna-san lachend, „die Metapher mit dem Nudelteig war nur so anschaulich."

„Okay, das reicht jetzt. Vergiss die Sache mit dem Nudelteig und starte jetzt endlich! Über den Zusammenhang zwischen Windrichtung und Auftrieb frage ich dich später."

„Ja!"

Suzuna-san machte wieder ein ernstes Gesicht. Aber durch das Gespräch wirkte sie entspannter und ihre Nervosität war verflogen.

Nachdem wir vom Kontrollturm die Startfreigabe erhalten hatten, überprüften wir, ob die Startbahn frei von Hindernissen war, die Landeklappen eingefahren waren und die Batterie genügend Strom hatte.

Suzuna-san drückte den Gashebel nach vorn. Der Propeller surrte und drehte sich mit hoher Geschwindigkeit. Alles in Ordnung. Sie beschleunigte. Die Triebkraft wurde stärker und schob das Flugzeug vorwärts. Die Nase des Flugzeugs hob ab. Der kleine Falke tanzte am Himmel.

Sie flog über die Seto-Inlandsee südlich der Houshou-Akademie. Auf Anweisung der Ausbilderin machte sie eine Rechts- und eine Linkskurve und zeichnete ein Unendlichzeichen in die Luft. Diese Aufgabe konnte sie ohne Probleme bewältigen. Sie war in guter Form.

Schließlich musste sie landen. Die Landung war das Problem. Auf Anhieb zu landen war vielleicht zu schwierig, aber ich hoffte, dass sie es nach höchstens drei Versuchen schaffen würde.

Nachdem sie mit dem Kontrollturm kommuniziert und die Landefreigabe erhalten hatte, startete sie den Landeversuch.

Da ich die Anzeigen der Messwerte ausgeblendet hatte, konnte ich den Tunnel aus Kreisen nicht sehen. Aber soweit ich es mit eigenen Augen sehen konnte, lief alles relativ gut. Sie steuerte das rechte Seitenruder, flog langsam und gerade ... und landete. Sie setzte das Flugzeug in der Mitte der Landebahn auf. Die Landung war fast perfekt, mit einer minimalen Abweichung vom idealen Landepunkt.

Beeindruckt, dass sie auf Anhieb so gut landen konnte, rief ich „Wow" und klatschte leicht in die Hände. Die beiden auf den Vordersitzen zeigten jedoch keine Reaktion.

„Suzuna, reduzier die Geschwindigkeit und roll in den zweiten Hangar zurück."

„Ja."

Sie drückte den Gashebel nach unten, um zu bremsen. Sie folgte den Anweisungen des Kontrollturms, fuhr auf die Rollbahn auf und kehrte in den zweiten Hangar zurück. Die Assistentin Mary-chan wies uns den Weg in den Hangar mit Flugwegbeleuchtung. Dort erwartete uns das Bodenpersonal.

Das Flugzeug kam zum Stillstand. Die Ausbilderin gab den Befehl, den Strom auszuschalten, also trennten wir die Verbindung des digitalen Gehirns zum Flugzeug und schalteten den Strom ab. Sie öffnete das Flugzeugdach. Kühle Luft strömte herein.

Dann drehte sie sich zu mir. „Yagasaki, welche Magie hast du benutzt?"

Eine solche Frage hatte ich von der gefürchteten Ausbilderin nicht erwartet.

„Wie bitte? Magie?" Ich hatte keine Ahnung, wovon sie sprach, und schüttelte den Kopf.

„Ich kann doch keine Magie benutzen. Ich bin ja auch kein Protagonist aus einer Light Novel."

In Light Novels gibt es meist einen Protagonisten mit besonderen, oft magischen Kräften. Mit der Kraft der Magie rettet er die Heldin der Geschichte, tötet den Dämonenkönig oder, wenn die Hauptfigur selbst der Dämonenkönig ist, vergrößert er mithilfe der Magie sein Herrschaftsgebiet und so weiter ... Es klang so, als wäre ich ein solcher Held geworden. Dabei hatte ich kaum Light Novels gelesen. Wer sich fragt, warum: Weil mein Kopf Tag und Nacht mit Flugzeugen beschäftigt war.

Wie dem auch sei. Ich hatte die Frage von Kanagusuku-san nicht verstanden. Ich konnte mich nicht erinnern, jemals Magie benutzt zu haben.

„Ach so", murmelte sie leise, nachdem sie meine Antwort gehört hatte, dass ich keine Magie benutzen könne, und neigte ihren Kopf leicht zur Seite. Das war ihre einzige Reaktion.

Wir stiegen aus der Little Hawk, um die Ansprache von Kanagusuku-san zu hören. Dieses Mal standen Suzuna-san und ich Seite an Seite vor der Ausbilderin.

„Suzuna."

„Ja!"

„Du hast so große Fortschritte gemacht, dass ich dich kaum wiedererkenne. Du bist ganz anders als noch letzte Woche."

Dass Kana-chan so etwas Nettes sagte?! Aber sie lächelte nicht, deshalb behielt auch Suzuna-san ihr steifes Gesicht.

„Aber lass mich dir noch einen bitteren Rat geben. Wenn du so fliegen kannst wie heute, dann hättest du es auch schon früher tun sollen. Hast du mich verstanden?"

„Ja!"

„Und schau im Lehrbuch nach der Windrichtung und der Wahl der Piste und lerne es auswendig. Yagasaki, bring es ihr bei. Du kannst das besser als ich."

„Ja, Kanagusuku-san", sagte ich.

„Ich prüfe dich morgen Nachmittag noch mal, aber da bleiben wir zu zweit. Dann sitzt kein Magier mehr auf dem Rücksitz, also pass gut auf."

„Jawohl!", antworteten wir beide.

Ich fragte mich, warum die Ausbilderin immer wieder auf *Magie* zu sprechen kam. Ob das Wort irgendeine besondere Bedeutung für sie hatte …?

Als ich dachte, dass ihre Ansprache an dieser Stelle vorbei wäre, schaute mich Kanagusuku-san an. Danach fiel ihr Blick wieder auf Suzuna-san und sie sprach: „Suzuna, du weißt, dass der Weg lang und die Zeit knapp ist. Es sind nur noch fünf Monate bis zum Himmelsfest der Houshou-Akademie. Die Zeit läuft uns davon."

„Ja …"

Suzuna-san sprach leise und senkte den Blick.

Kanagusuku-san hatte das Himmelsfest erwähnt. Was genau meinte sie damit?

„Was du kannst, ist nur der Anfang. Auch wenn du Fortschritte gemacht hast, ist das Ziel noch weit entfernt. Wenn man es mit dem Bergsteigen vergleicht, haben wir noch nicht einmal ein Zehntel des Weges bis zum Gipfel zurückgelegt."

„Ja …"

Wovon spricht sie? Was haben sie für das Himmelsfest geplant? Wobei sollte Suzuna-san ihr Können zeigen? Während über meinem Kopf unzählige Fragezeichen auftauchten, sagte Kanagusuku-san etwas Schockierendes:

„Das Endziel des ‚Project Fly High' ist die Vorführung eines Kunstfluges beim Himmelsfest. Wenn sie selbst beim Starten und Landen unsicher ist, wird das Projekt scheitern."

Das war ein Schock für mich. Das heißt, die Idols, die nichts vom Fliegen wussten, sollten Kunstflug zeigen. Kunstflug ist eine Art Ritt auf der Rasierklinge. Man muss in möglichst geringer Höhe, damit die Zuschauer es genau sehen können, Bewegungen ausführen, die das Flugzeug instabil machen. Schon der kleinste Fehler kann zu einem Unfall führen. Die Unterstützung durch KI ist keine Garantie dafür, dass Unfälle immer vermieden werden können. Trotz der Sicherheitsvorkehrungen ist es nicht hundertprozentig sicher, dass der Pilot im Falle eines Falles überlebt. Zudem ist bei einem Unfall nicht nur der Pilot selbst in Gefahr, auch Zuschauer können betroffen sein. Wenn das Flugzeug unkontrolliert in die Zuschauer stürzt … das wäre eine unbeschreibliche Katastrophe.

Um die heftigen Bewegungen aushalten zu können, sind Körperkraft und ein gutes räumliches Vorstellungsvermögen erforderlich. Außerdem ist für eine sichere Vorführung Wissen notwendig. Auf jeden Fall benötigt man viel Zeit. Um sich die Technik des Kunstfliegens anzueignen, war ein halbes Jahr viel zu kurz. Da das Himmelsfest im Oktober war, hatten wir nur noch weniger als ein halbes Jahr Zeit. Dennoch wollte die Ausbilderin, dass Suzuna-san es versuchte. Das war also das wahre Ziel von „Project Fly High". *Das ist einfach absurd. Wie kann Kanagusuku-san so etwas nur zulassen?*

„Konzentriere dich auf das Ziel und gib dein Bestes. Es war deine eigene Entscheidung."

„Ja …", nickte Suzuna-san mit leiser, schwacher Stimme.

Ich konnte nicht länger schweigen.

„Entschuldigen Sie, Kanagusuku-san. Wollen Sie sie wirklich Kunstflug machen lassen?"

„Ja."

„Aber ist das nicht total absurd? Wir mussten doch jahrelang trainieren, um uns darauf vorzubereiten."

Kanagusuku-san verschränkte die Arme und sagte: „Ich weiß auch, dass es ein sehr ehrgeiziges Projekt ist. Als das Talentmanagement das Projekt entwickelte, waren auch Ausbilder des ersten Campus an der fachlichen Ausbildung und der Erstellung des Zeitplans beteiligt. Schon damals haben wir der Agentur, insbesondere dem Manager, unsere Bedenken mitgeteilt. Es ist zu gefährlich und wir haben nicht genug Zeit.

Aber diese Brillenschlange hatte bereits mit dem Schuldirektor und anderen Mitgliedern des Schulvorstands verhandelt. Das Projekt war nicht mehr aufzuhalten. Und der Plan der Brillenschlange war völlig unprofessionell ... Ich will nicht zu sehr ins Detail gehen, ich will nur sagen, dass wir das schon ausführlich besprochen haben."

Mit ernster Miene stieß Kanagusuku-san einen tiefen Seufzer aus.

„Was wir von Suzuna und Kagawa verlangen, ist ein einfacher Kunstflug mit einem Propellerflugzeug. Die Schwierigkeit des Kunstfluges hängt von den Fähigkeiten der Pilotin ab. Beim Training steht die Sicherheit an erster Stelle. Und wir haben mit dem Talentmanagement besprochen, dass wir uns an einen Zeitplan halten, der realistisch ist und die Pilotinnen nicht überfordert. Außerdem haben wir eine Vereinbarung getroffen: Wenn sie nicht in der Lage sind, einen Kunstflug vorzuführen, beenden wir das Projekt mit dem Erwerb der Fluglizenz. Aber der Vorstand hat gesagt, das ist die letzte Möglichkeit. Suzuna und Kagawa sollen ihr Bestes geben, damit alles nach Plan läuft. Der Vorstand steht auch unter Druck. Da wir die Entscheidung des Vorstandes nicht rückgängig machen können, bleibt uns nichts anderes übrig, als das Projekt voranzutreiben."

Die Tatsache, dass die Sicherheit für Kanagusuku-san an erster Stelle stand, zeigte mir ihre Fürsorge. Sie wusste, dass das Projekt absurd war, und wollte die beiden Idols nicht überfordern. Ich spürte ihre tiefe Überzeugung, dass das Leben wichtiger war als alles andere.

Als ich das Wort „Druck" hörte, musste ich an etwas Bestimmtes denken. Ich fasste Mut und fragte: „Kanagusuku-san, Sie sprachen von Druck, meinen Sie damit finanziellen Druck?"

Kanagusuku-san nickte leicht: „Um es direkt zu formulieren, ja."

Auch ich konnte es mir denken. Es ging um Geld. Ich wusste nicht, wie das Geld in einer großen Organisation wie der Houshou-Akademie floss. Aber in letzter Zeit kursierten böse Gerüchte über die Finanzen der Akademie, zum Beispiel, dass das Kunstflugteam seine beste Zeit schon hinter sich hatte und die Einnahmen aus den Auftritten immer geringer wurden.

Als Privatschule war die Existenz der Houshou-Academie gefährdet, wenn sie rote Zahlen schrieb. Das wusste auch ein Flugzeug-Nerd wie ich. Ohne Geld kann man kein Flugzeug fliegen lassen. Um die Einnahmen konstant zu halten, brauchte es Marketingaktionen, die für Gesprächsstoff sorgen sollte. „Project Fly High" wurde vermutlich als eine solche Marketingaktion ins Leben gerufen. Die Idols sollten eine Fluglizenz erwerben, für Gesprächsstoff sorgen und zum Schluss auf dem Himmelsfest einen Kunstflug aufführen. Ich konnte verstehen, dass sie etwas Aufregendes machen wollten, aber dass sie so etwas Absurdes von Suzuna-san und Kagawa-san verlangten …

„Was ich tun kann, ist, Suzuna die Grundlagen des Fliegens gründlich beizubringen, damit sie die Aufführung unbeschadet übersteht", sagte Kanagusuku-san. Es waren die Worte einer Ausbilderin, die sich ihrer Verantwortung bewusst war.

„Suzuna, ich habe es schon oft gesagt, aber lass es mich noch einmal wiederholen: Im Kunstflug muss man nicht nur die Technik beherrschen, sondern auch den Willen haben, die Vorführung um jeden Preis zu Ende zu bringen, und die Entschlossenheit, in jeder Situation Unfälle zu vermeiden und unversehrt zurückzukehren. Als Ausbilderin des ersten Campus habe ich bisher jeden gnadenlos durchfallen lassen, der das technische Niveau nicht erreicht hat oder nicht genug Willen und Entschlossenheit besitzt. Ich kann niemanden fliegen lassen, der dafür nicht geeignet ist. Und an diesem Standard messe ich auch dich. Ich verlange von dir Technik, Willen und Entschlossenheit. Wenn du diese Anforderungen nicht erfüllst, lasse ich dich durchfallen. Erwarte keine Nachsicht von mir."

Gnadenlose Worte von einer gnadenlosen Ausbilderin. Aber das war nicht alles. Kanagusuku-san war nicht nur eine strenge Ausbilderin.

„Aber selbst wenn du scheiterst, brauchst du dich nicht zu schämen. Denn wir verlangen etwas von dir, das für einen Normalsterblichen unmöglich ist. Es wird nicht leicht. Wenn es dir zu viel wird und du nicht mehr kannst, dann sprich mit mir. Wir möchten dich nicht in die Enge treiben. Wenn du nicht mehr kannst, dann ist das eben so. Wenn du mit dem Projekt aufhören willst, kannst du das einfach sagen. Dann gehe ich mit dir zum Manager.

Du bist noch jung, du hast noch viele Möglichkeiten. Die Öffentlichkeitsarbeit der Akademie ist nichts, was du dir aufbürden solltest. Also überlege es dir gut und frage dich noch einmal, ob es dir wert ist, alles aufs Spiel zu setzen. Und wenn du dich dann entscheidest, weiterzumachen, werde ich dich gerne begleiten."

Hinter der Strenge der Ausbilderin verbarg sich Fürsorge. Das kam in ihren Worten zum Ausdruck. Sie wollte damit sagen: „Wenn du aufhören willst, werde ich dir keine Vorwürfe machen. Wenn du weitermachen willst, bin ich an deiner Seite, also gib dein Bestes!"

Das Problem lag darin, dass ihre Freundlichkeit tief verborgen war, doch sobald man sie entdeckte, fühlte man sich unglaublich glücklich. Ich hoffte aufrichtig, dass diese subtile Freundlichkeit auch Suzuna-san erreichen würde.

„Übrigens hat mich dein Flug heute ein wenig beruhigt", sagte Kanagusuku-san und löste ihre verschränkten Arme. „Im Vergleich zu letzter Woche bist du so viel besser geworden, dass ich mich frage, was ihr anders gemacht habt."

Ganz einfach, Kanagusuku-san. Sie haben Suzuna-san zu sehr unter Druck gesetzt. Ich verstehe, warum, aber wie wäre es, wenn Sie die Zügel etwas lockerer ließen? Während ich das dachte, sprach Kanagusuku-san folgende Worte: „Vielleicht lag es daran, dass Yagasaki ein Magier ist."

Puh! Ich schnaufte vor Lachen. Hätte ich etwas getrunken, hätte ich es sicher ausgespuckt. Kanagusuku-san war wirklich auf das Wort Magie fixiert.

„Ich habe doch gesagt, dass ich keine Magie benutzen kann!", widersprach ich, ohne nachzudenken.

Mit verärgertem Gesicht wies die Ausbilderin meinen Protest zurück: „Sei still, Magier. Du hast Suzuna und mich mit deinem Zauberwort ‚Nudelmaschine' schon genug irritiert. Also wirklich!"

„Das war doch nur eine Metapher! Aber habe ich Sie damit wirklich irritiert?"

„Ja, vollkommen. Schreib mir gefälligst eine Entschuldigung."

„Muss das wirklich sein?"

„Ich zwinge dich nicht. Aber wenn du unbedingt eine schreiben willst, tu dir keinen Zwang an."

Es war also ein Scherz. Die Ausbilder der Houshou-Akademie verdienten zumindest unseren Respekt für ihren Humor. Als ich einen Blick auf Suzuna-san warf, sah ich, dass sie sich die Hand vor den Mund hielt und lächelte. Ob sie nun Kanagusuku-san mehr zu schätzen wusste?

„Auf jeden Fall komme ich morgen zur gleichen Zeit wieder, um dich zu prüfen. Wiederhole bis dahin fleißig alles. Wenn du morgen ohne Yagasakis Hilfe genauso gut fliegen kannst wie heute, hast du meine Prüfung bestanden und kannst mit der nächsten Stufe des Projekts weitermachen."

„Ja!", antworteten Suzuna-san und ich.

Dann sah Kanagusuku-san mich an und sagte: „Yagasaki, jetzt bist du auch an dem Projekt beteiligt. Bitte hilf ihr, sie benötigt deine Hilfe."

Sie sah mich direkt an. Ihr scharfer Blick war von Wärme durchdrungen.

Ich verstand sie. Sie sprach vom Endziel des Projekts, um mich einzubeziehen und Suzuna-san zu beruhigen. Da wir das Projekt nicht stoppen konnten, mussten wir es heil beenden. Das war ihr Ziel. *Wie rücksichtsvoll, Kana-chan.* Natürlich konnte ich nicht Nein sagen.

Mit lauter Stimme antwortete ich: „Ja, alles klar!"

Kanagusuku-san nickte, drehte sich um und verließ uns mit dem Bodenpersonal. Das Geräusch ihrer Stiefel klang heute besonders sanft.

„Yagasaki-san", sprach mich Suzuna-san zögernd an, als die Gestalt der Ausbilderin in der Ferne verschwunden war

„Ist dir das nicht lästig?"

„Wie bitte?"

„Dass ein Laie wie ich Kunstflug machen will und dich mit hineinzieht ... Wenn es dir lästig ist, musst du es nicht machen."

Ich wusste nicht, ob ich sie zurückhaltend oder verantwortungsbewusst nennen sollte. Ich beschloss, die Gelegenheit zu nutzen, um ihr zu zeigen, dass ich es ernst meinte.

„Es ist mir nicht lästig. Ganz im Gegenteil. Ich freue mich, mit dir zu fliegen."

„Wirklich?"

„Lass uns einen Schritt nach dem anderen machen. Ich werde dir auch helfen. Ich habe nämlich auch vor, beim Himmelsfest einen Kunstflug vorzuführen. Also lass uns unser Bestes geben!"

Aus irgendeinem Grund breitete sich ein Lächeln auf meinem Gesicht aus. Was war das für ein herzerwärmendes Gefühl? Ich wusste selbst keine Antwort.

„Ja! Dann auf weiterhin gute Zusammenarbeit!"

Suzuna-sans Lächeln erinnerte mich an eine blühende Sonnenblume.

Doch dann überrumpelte sie mich mit einem Überraschungsangriff. Suzuna-san griff nach meinen Händen und hielt sie fest. Ihre geschmeidigen Hände fühlten sich weich und warm an. Mein Gesicht wurde feuerrot, meine Ohren glühten ...

„Ah ...“

Als ob sie plötzlich gemerkt hätte, was sie getan hatte, errötete Suzuna-san und ließ meine Hände los. Dann sahen wir uns an und lächelten verlegen. Mir fehlten die Worte. Ah, was hatte ich getan? War das das Gefühl der sogenannten Jugend? Ich wusste keine Antwort.

Da morgen Nachmittag die nächste Prüfung anstand, mussten wir viel üben. Mit Pausen zwischendurch übten wir den Start und die Landung. Wir gingen auch das Protokoll durch, um zu sehen, wo es noch hakte. Dann sprach ich das Problem mit der Windrichtung an, für das Kanagusuku-san uns kritisiert hatte. Wenn die Fluggeschwindigkeit zunimmt, nimmt auch der Auftrieb zu. Wenn man die Formeln für den Auftrieb kennt, kann man sich das besser merken.

Wir übten bis zum Abend. Suzuna-san machte große Fortschritte und schaffte alles fehlerfrei. Sie konnte auch ziemlich nahe am idealen Landepunkt landen. Aber ich hatte das Gefühl, dass sie noch etwas zu oft durchstartete. Die Wahrscheinlichkeit, dass sie auf Anhieb ohne Durchstarten landen würde, war sehr gering. Ob die strenge Kanagusuku-san das durchgehen lassen würde?

Suzuna-san schien auch ziemlich nervös zu sein.

„Ich frage mich, ob morgen alles glatt gehen wird ...“, sagte sie.

Um sie zu beruhigen, lächelte ich. „Du schaffst das schon. Das Wichtigste ist, Ruhe zu bewahren.“

Wenn alles wie gewohnt ablief, sollte es keine Probleme geben. Laut Wetterbericht sollte es morgen überwiegend sonnig und leicht bewölkt sein. Keine schlechten Voraussetzungen. Aber man weiß ja nie, was am Himmel passiert. Ich konnte nur beten, dass alles gut gehen würde. Richtig, da morgen ein wichtiger Tag war, nahm ich mir das vor. Während ich darüber nachdachte, schlug ich Suzuna-san etwas vor.

„Ähm, Suzuna-san, hast du noch etwas Zeit?“

„Zeit ...? Ja, ungefähr 30 Minuten.“

„Das reicht völlig. Es gibt da einen Ort, den ich dir zeigen möchte.“

„Ja, okay.“

Suzuna-sans Lächeln war unglaublich süß. Wir stiegen in einen Dolly, den wir über die App bestellt hatten, und fuhren zum östlichen Ende der Akademie.

In der Houshou-Akademie gab es einen Schulschrein. Der Schrein wurde mit dem Erbe des Gründers und ersten Direktors der Schule errichtet und war nicht etwas, an das die gesamte Akademie glaubte. Die Schüler konnten selbst entscheiden, ob sie den Schrein besuchen wollten oder nicht.

Da der Schrein zur Houshou-Akademie gehörte, deren Name „fliegender Phönix" bedeutet, könnte man vermuten, dass der verehrte Kami ein Phönix, insbesondere aus dem Schrein Otori Taisha, sein könnte. Dies traf jedoch nicht zu. Der Schrein verehrte tatsächlich Yatagarasu, den Gott in der Gestalt einer dreibeinigen Krähe. Die Gründe für diese Wahl waren auf einer Informationsstele neben dem Schrein erläutert.

Es war zu der Zeit, als der erste Direktor ständig unterwegs war, um die Eröffnung der Akademie vorzubereiten. Eines Nachts schlief er und träumte von einem Vogel. Während goldenes Licht aus seinen dichten schwarzen Federn strahlte, flog der große dreibeinige Vogel in den weiten Himmel ... So soll sein Traum ausgesehen haben.

Der erste Direktor dachte sofort an Yatagarasu. Er besuchte den Hauptschrein dieses Kami und erzählte dem Shinto-Priester von seinem Traum. Der Priester deutete den Traum und sagte: „Das war ohne Zweifel der Kami Yatagarasu. Er hat Ihnen seine Gestalt gezeigt, um Sie zum Erfolg Ihrer Unternehmungen zu führen."

Berührt von dieser Begebenheit, dachte der Direktor daran, einen Schrein zu errichten, wenn seine Akademie groß geworden sei, und sprach mit dem Priester über seinen Wunsch, den Kami um sein Kommen zu bitten, was der Priester freudig zusagte.

Leider starb der Direktor, bevor der Schrein gebaut werden konnte. Aber auf seinen Wunsch hin wurde beschlossen, den Schrein zu errichten, wenn die finanzielle Lage der Akademie stabil sei. So entstand am östlichen Ende der Akademie der Schrein Yatagarasu.

Auf dem Gelände des Schreins befanden sich nur ein niedriges rotes Torii, ein nicht überdachtes Wasserbecken zur spirituellen Reinigung und ein kleiner Schrein. Ein kleiner Ort der Spiritualität, der nur den Einheimischen bekannt war.

Die Schüler der Luftfahrtfakultät kannten diesen Schrein. Alle hatten ihn mindestens einmal während des Reinigungsdienstes besucht. Der Segen des Yatagarasu-Schreins war Erfolg, Sieg und Sicherheit in der Luft. Es gab keinen besseren Ort, um für den morgigen Erfolg zu beten. Wir besuchten den Schrein, verbeugten uns vor dem Torii, reinigten unsere Hände und Münder am Wasserbecken und spendeten vor dem Kami das Opfergeld in digitaler Form. Dann verbeugten wir uns zweimal, klatschten zweimal in die Hände und verbeugten uns noch einmal. Wir beteten für Suzuna-sans Sicherheit und Erfolg bei der morgigen Prüfung.

Nach der Schule verabschiedete ich mich von Suzuna-san und berichtete meinem Ausbilder von meinem Tag. Ich fragte ihn nach dem Plan für morgen. Am Vormittag stand Krafttraining an, am Nachmittag sollte ich der „Prüfung" von Kanagusuku-san beiwohnen. Das Krafttraining war schon lange überfällig. Denn ich sollte eine Kunstflugvorführung mit dem Kampfjet machen, was sehr viel Kraft erforderte und ohne ordentliches Training unmöglich war. Ich sollte auf dem Himmelsfest einen Kunstflug vorführen, der nur mit dem Kampfjet möglich war. Das war der Inhalt meiner jetzigen Ausbildung.

Suzuna-san und ich verfolgten im Grunde die gleichen Ziele. Ich hoffte, dass wir gemeinsam ein tolles Himmelsfest feiern könnten.

In der Nacht besuchte ich die Homepage von „Project Fly High", aber auf Suzuna-sans Blog war kein neuer Eintrag zu finden. Im Gegensatz dazu hatte Kagawa-san etwas Neues verfasst. In ihrem Eintrag stand, dass die theoretische Prüfung im Juli stattfinden und dass sie ihr Bestes geben würde. Sie schrieb auch ihre Gedanken und Gefühle nieder: Sie strebte die Lizenz als Sonderfunkerin an und auch wenn es ziemlich anstrengend werden würde, genoss sie die Zeit.

Die theoretische Prüfung war wirklich schwer ... Ich dachte wehmütig an diese höllischen Tage zurück und hatte Mitleid mit Kagawa-san.

Auch wenn morgen noch nicht alles entschieden sein würde, fühlte ich mich wie in der Nacht vor einer wichtigen Prüfung. Mein Herz klopfte laut.

An diesem Tag konnte ich nicht ruhig schlafen.

Suzunas Seite

Ich hatte ihre Existenz völlig verdrängt. Die Ausbilderin Kanagusuku-san. Eine furchterregende Existenz, die einen stumm unter Druck setzte, bei Fehlern gnadenlos kritisierte und schimpfte, auch wenn man nichts sagte. Ich kam mit ihr nicht zurecht. Es fiel mir sehr schwer, mich von ihr ausbilden zu lassen. Aber heute hatte ich auch verstanden, dass sie nicht nur eine furchterregende Person war.

Sie machte Witze. Ich hätte nie gedacht, dass ich Wörter wie „Magie" aus ihrem Mund hören würde. Und sie lobte mich, wenn ich etwas gut gemacht hatte. Sie war nicht jemand, der nur schimpfte. Dank Yagasaki-san hatte ich das verstanden. Er war wirklich beeindruckend. Er konnte sich ganz normal mit der Ausbilderin unterhalten und auf ihre Witze eingehen. *Er ist wirklich eine starke Person,* dachte ich. Ich sollte mir eine Scheibe von ihm abschneiden.

Yagasaki-san würde morgen nicht dabei sein. Ich musste es alleine schaffen. Ich war ganz aufgeregt und verängstigt. Was, wenn ich einen Fehler machen würde …? Aber ich würde nicht weglaufen. Wenn ich jetzt wegliefe, würde ich nichts erreichen. Ich war ein Idol geworden, weil ich mein untätiges Ich hasste. Ich hatte vielen Menschen Probleme bereitet und konnte ihnen nichts zurückgeben. Ich konnte nicht weglaufen. Also wollte ich alles geben. Selbst wenn ich scheitern, harte Kritik einstecken und niedergeschlagen sein würde, würde ich wieder von vorn anfangen. Ich würde Yagasaki-san wieder Probleme bereiten, aber da er mir gesagt hatte „Lass uns gemeinsam unser Bestes geben" würde ich mich der Herausforderung ein weiteres Mal stellen können – egal wie oft.

Ich betete, dass ich morgen alles zeigen könnte, was Yagasaki-san mir beigebracht hatte.

Einfaches Glossar

Hilda (NAV)

Das Flugzeug Hilda stammt von Aerowave Arsenal, einer japanischen Firma mit einem Namen, der amerikanisch klingt.

Als Feather Plane ist Hilda vergleichsweise groß dimensioniert. Besonders auffällig sind die schnabeltierähnliche Nase, der etwas breitere Rumpf sowie die eleganten Deltaflügel. Sie verfügt über ein Höhenruder, aber weder über ein Seitenruder noch über Entenflügel. Angetrieben wird sie von zwei elektrischen Mantelstromtriebwerken.

In der Kabine, die sowohl geräumig als auch komfortabel gestaltet ist, finden üblicherweise bis zu acht Personen Platz. Aufgrund dieser Eigenschaften ist Hilda besonders als Geschäftsflugzeug oder Privatjet beliebt.

Suchoi Su-27 (Flanker)

Su-27 ist ein großes Jagdflugzeug und wurde in der zweiten Hälfte des 20. Jahrhunderts von der Sowjetunion entwickelt. Aufgrund ihrer herausragenden Leistung wurde sie weltweit in vielen Ländern eingesetzt. Die NATO vergab den

Codenamen „Flanker" für dieses Modell, ein Name, der kurioserweise reimportiert wurde und auch in Russland Verwendung findet. Der Spitzname „Zhuravlik" ist in Russland allerdings nicht gebräuchlich.

Die Su-27 hat zahlreiche Weiterentwicklungen erfahren, darunter die Su-37. Die Su-37 ist ein Prototyp, der speziell für die Erprobung neuer Technologien wie Canards und Schubvektorsteuerung konzipiert wurde.

Canard (Entenflügel)

Canards, auch bekannt als Entenflügel oder vorderes Höhenleitwerk, sind kleine aerodynamische Flächen, die vor den Haupttragflächen eines Flugzeugs angeordnet sind.

Durch die Integration von Canards an Flugzeugen, die bereits über traditionelle Höhenruder verfügen, wird die steuerbare Fläche des Flugzeugs erweitert, was in der Regel die Manövrierfähigkeit verbessert. Allerdings führt dies auch zu einer Erhöhung des Gewichts und der Anzahl der Inspektionspunkte, was die allgemeine Wartungsfreundlichkeit des Flugzeugs beeinträchtigt.

Obwohl dies eine Frage des persönlichen Geschmacks ist, werden Canards oft als ästhetisch ansprechend wahrgenommen, was sie besonders für den Einsatz in Kunstflugzeugen beliebt macht.

Kapitel 4: Strand und Idol in perfekter Harmonie

Am Freitagnachmittag im Hangar des zweiten Campus begegnete ich Kagawa-san, die in ihrer marineblauen Pilotenuniform zu mir trat. „Hey, wusstest du das?", begann sie das Gespräch und fuhr mit einer Nachricht fort, die mich verblüffte: „‚Project Fly High' steht ziemlich unter Beschuss."

„Wie bitte?", erwiderte ich überrascht.

„Wirklich." Sie betrachtete nachdenklich den Himmel und setzte ein bitteres Lächeln auf.

„Die freundlichsten Kritiker sagen, es sei bloß eine Werbeaktion. Doch wir haben weit schärfere Kritik bekommen, etwa dass man die Idole nicht wie Komiker behandeln sollte, dass die Risiken bei Unfällen zu groß wären, oder einfach dass das Projekt uninspiriert und langweilig sei."

„Wie ist es dazu gekommen?"

„Schwer zu sagen. Es gibt immer Leute, die etwas zu meckern haben. Dieses Mal ist die Kritik allerdings nicht ganz unbegründet. Zugegeben, die Idee ist wirklich etwas absurd."

Ihr Blick verharrte weiterhin auf den kleinen weißen Wolken am Himmel, während ein kräftiger Frühlingswind die wenigen Sonnenstrahlen durch die Wolkenlücken jagte.

„Und die hohen Tiere im Vorstand ... Nennt man das so?"

„Ja."

„Wegen der heftigen Kritik stehen alle im Vorstand unter enormem Druck, unser Manager eingeschlossen. Das bleibt unter uns, aber er hat angefangen, uns wegen jeder Kleinigkeit anzuschreien."

Mensch ... Mädchen anschreien, das geht gar nicht.

„Eigentlich ist Tsuchizaki-san ein netter Kerl", fuhr Kagawa-san fort, „aber im Moment sieht's echt nicht so rosig aus. Wir alle versuchen unser Bestes, aber es ist nicht einfach ..."

„Ich kann mir vorstellen, dass es schwierig ist", erwiderte ich.

Allein die Fluglizenz zu erwerben, war schon eine Herausforderung. Dann sollten sie auch noch einen Kunstflug beim Himmelsfest vorführen, und das nach nur einem halben Jahr Vorbereitung – während wir vom ersten Campus drei Jahre für unsere Ausbildung benötigten. Das Projekt schien mir wirklich absurd.

„Ich war total niedergeschlagen. Aber so läuft das Leben eben. Erst bekommt man von der Ausbilderin einen Rüffel, dann wird man vom Manager angeschrien. Suzuna als gewissenhafte Person nimmt sich das besonders zu Herzen."

Ich dachte an jenen verregneten Tag zurück. Sie musste mit ihrem Latein am Ende sein, sonst hätte sie nicht so verzweifelt im Regen gestanden.

„In letzter Zeit bin ich selbst am Ende meiner Kräfte. Ich seufze nur noch", gestand Kagawa-san und ihr Blick fiel auf den Betonboden des Hangars.

„Ich wusste nicht mehr weiter. Ich habe sogar Suzu gefragt, ob sie mit mir von der Akademie abhauen will. Wir könnten einfach ein Flugzeug der Schule klauen und weit weg fliegen. Natürlich war das nur ein Scherz, aber irgendwie war da auch ein Körnchen Wahrheit drin. So verzweifelt waren wir", sagte sie mit einem bitteren Lächeln.

Ich konnte mir kaum vorstellen, wie belastend die Situation für sie gewesen sein musste. Ich hätte es wahrscheinlich nicht ausgehalten.

„Aber in letzter Zeit sieht es anders aus."

Anders. Als ich fragen wollte, wie anders, sah ich, dass Kagawa-san mich anstarrte.

„Dank dir", sagte sie und lächelte mich strahlend an. Mein Herz klopfte heftiger, als ich ihr freudiges Lächeln sah.

„An einem Regentag verschwand Suzuna irgendwohin, sogar ihr GPS-Signal war nicht auffindbar. Ich war zutiefst beunruhigt und fragte mich, wo sie hin ist. Als der Abend hereinbrach und sie immer noch nicht aufgetaucht war, war ich mir sicher, dass etwas nicht stimmte. Doch dann tauchte sie plötzlich wieder auf, mit einem warmen Milchkaffee in der Hand, den ihr jemand gegeben hatte. Ich nahm auch einen Schluck; er war noch angenehm warm."

Sie hatten beide den Milchkaffee getrunken. Das heißt, zwei Idols hatten die Dose mit ihren Lippen berührt … Ich musste meine wilden Fantasien stoppen.

„Sie war froh, dass jemand in dieser schweren Zeit zu ihr hielt und dass nicht die ganze Welt sie im Stich ließ. Sie fühlte sich besser."

Aus irgendeinem Grund spürte ich ein leichtes Kribbeln. Ich hätte nicht gedacht, dass ein Milchkaffee, den ich ihr ohne groß nachzudenken gegeben hatte, so viel bewirken konnte.

„Na, Milchkaffee-Typ", lächelte Kagawa-san fröhlich. Ihr Lächeln war so strahlend wie die Sonne. Die Schönheit ihres lachenden Gesichts ließ mein Herz höher schlagen. Aber sie nannte mich Milchkaffee-Typ ... Egal, dann war ich eben der Milchkaffee-Typ.

„Während ich noch rätselte, wer diese Person war, erzählte mir Suzu am nächsten Abend plötzlich, dass sie den Milchkaffee-Typ gefunden hatte. Ich war wirklich überrascht."

Was das angeht, war auch ich überrascht.

„Nicht nur das, noch überraschender war, dass Suzu gleich am nächsten Tag mit ihm ein spezielles Training zu zweit machen sollte. Ich war gespannt, was das für eine Person sein würde, und dann war es nur ein Junge, der wie ein Mittelschüler aussah. Das hat mich am meisten überrascht. Am Anfang hatte ich meine Zweifel."

Da fiel mir ein, dass sie so etwas schon einmal gesagt hatte.

„Aber Suzu war nach dem Training wie ein anderer Mensch. Obwohl wir mit Lernen und Vorbereiten für den nächsten Tag beschäftigt waren, hat sie alles links liegen lassen und immer wieder mit Yagasaki-san dies, Yagasaki-san das angefangen. Sie hat so viel über dich erzählt, dass es mir echt auf die Nerven ging."

Das tat mir leid. Es konnte nur langweilig sein, wenn sie so viel über mich sprach. Mir fiel auf, dass sie sich wohl ein Zimmer im Wohnheim teilten. Sicher unterhielten sie sich vor dem Schlafengehen im Pyjama. Idols im Pyjama ... Ich war neugierig, aber so etwas würde ich wohl mein ganzes Leben lang nicht zu sehen bekommen. Moment, was hatte ich mir die ganze Zeit vorgestellt?!

„Als Suzu so fröhlich wurde, hat sich auch meine niedergeschlagene Stimmung in Luft aufgelöst. In letzter Zeit läuft es richtig gut." Kagawa-san stöhnte und streckte sich. „Gestern habe ich nach langer Zeit mal wieder richtig lange geschlafen, sieben Stunden! Das hat sich so gut angefühlt!"

Lange geschlafen und sieben Stunden passten nach meinem Verständnis nicht zusammen. Ich dachte, ich hätte mich verhört, und hakte nach.

„Wie lange hast du denn sonst geschlafen?"

„Hm? Meistens drei Stunden. In letzter Zeit konnte ich nachts oft nicht schlafen, dann habe ich die Nacht durchgemacht."

Sie schien die Wahrheit zu sagen. Als ich hörte, dass sie die Nacht durchgemacht hatte, wurden meine Augen ganz rund.

„Alles in Ordnung? Du übernimmst dich doch."

„Mir geht es gut, solange ich drei Stunden Schlaf bekomme", sagte Kagawa-san wie selbstverständlich, „und selbst wenn ich die Nacht durchmache, kann ich den Schlaf nachholen, dann fühle ich mich erfrischt. Ein Hoch auf das Ausschlafen!"

Unglaublich! Waren Idols etwa eine andere Art Mensch, die diesen Schlafmangel ertragen konnte?

„Und du kannst nicht die ganze Nacht wach bleiben?", fragte Kagawa-san.

„Auf keinen Fall. Ich brauche meine acht Stunden Schlaf, um zu überleben", antwortete ich klar und deutlich.

„Acht Stunden! Bist du noch ein Kind?" Kagawa-san hielt sich den Bauch vor Lachen.

Ich schmollte. *Na gut, dann bin ich eben ein Kind.*

„Na ja. Jedenfalls ...", nachdem sie zu Ende gelacht hatte, kam Kagawa-san auf mich zu, „bin ich dir dankbar, von ganzem Herzen." Sie nahm meine Hände und sprach mir ihren Dank aus.

„Ähm ..."

„Dank dir mussten wir nicht fliehen. Danke."

Sie lächelte. Ich wusste nicht, ob sie scherzte oder es ernst meinte. Ihre Worte klangen mehrdeutig.

„A-Also, ich bin froh, dass ich nützlich sein konnte ..."

Es war ein Kraftakt, darauf zu antworten. Nicht nur mein Gesicht, sondern auch meine Ohren fühlten sich heiß an. Warum waren Mädchenhände so warm und weich ...

„Okay, Milchkaffee-Prinz."

„Milchkaffee-Prinz?!" Sie hatte mir einen komischen Namen gegeben.

„Ich habe noch eine interessante Info für dich."

„Was denn?"

Sie ließ meine Hände los und sah in die Ferne. Ihr Blick war auf ein Flugzeug am Himmel gerichtet. Eine Little Hawk aus dem Grundlagentraining, in der Suzuna-san und Kanagusuku-san saßen.

„Wusstest du, dass Suzu manchmal ein bisschen verträumt ist?"

„Verträumt?"

War sie manchmal verträumt? Ich hatte sie nur als ein elegantes, zurückhaltendes, mädchenhaftes Mädchen mit gutem Charakter wahrgenommen.

„Das wusste ich nicht."

„Ach so. Dann hat sie dir diese Seite noch nicht gezeigt."

Die weiße Little Hawk mit der blauen Linie, auf die Kagawa-sans Blick gerichtet war, machte eine große Kurve. Wahrscheinlich würden sie gleich landen.

„Sie hat schon immer von einem Prinzen geträumt."

„Von einem Prinzen?"

„Ja. Sie liest Bilderbücher aus dem Kindergarten oder der Grundschule immer wieder und hat gesagt, dass sie einen tollen Prinzen heiraten möchte."

„Ach so." *Wie süß. Ich hätte nie gedacht, dass Suzuna-san diese Seite hat. Und doch passt sie zu ihr. Ich kann mir die verträumte Suzuna-san gut vorstellen.*

An diesem Punkt geriet das Gespräch ins Stocken. Kagawa-san sprach nicht weiter, sondern sah mich nur grinsend an. Aber warum?

Als auch ich schwieg, blinzelte Kagawa-san und sah mich verwirrt an.

„Hey!"

„Ja?"

„Was denkst du darüber?"

Was ich darüber dachte? „Na ja, das passt zu ihr. Ich finde das süß", sprach ich meine Gedanken aus.

Aber Kagawa-san sah mich seltsam an, als wäre ich ein deformiertes Monster.

„Sag mal, nennen dich die Leute nicht oft Dummkopf?"

Die gnadenlosen Worte des Idols trafen mein gläsernes Herz!

„Wie gemein! Ja, tun sie, aber so etwas sagt man doch nicht direkt zu einem!" Ich protestierte mit tränenden Augen, aber Kagawa-san ging nicht darauf ein.

Nach einem Seufzer sagte sie: „Dachte ich mir. Klingt anstrengend."

„Na ja, in der Mittelstufe war's schon anstrengend, weil ich ein Dummkopf war …"

„Ich meinte nicht für dich."

„Aber für wen dann?"

Sie antwortete nicht, sondern starrte nur die Little Hawk an, die zur Landung ansetzte.

Ich verstand nur Bahnhof. *Ich finde die verträumte Suzuna-san süß, was ist daran komisch? Und was meint sie mit anstrengend?*

Während ich noch verwirrt rätselte, bemerkte ich, dass Suzuna-san beim letzten Teil der Prüfung angekommen war. Die Little Hawk war zur Landung bereit. Ich beobachtete, wie das Flugzeug im Bild der Verfolgungskamera auf die Startbahn zuflog.

Die Verfolgungskamera war auf der Piste installiert, um die Starts und Landungen der Flugzeuge zu überwachen. Jeder, der mit der Luftfahrtfakultät zu tun hatte, konnte die Bilder sehen. Über das Internet erhielt ich Zugang zu den Echtzeitdaten der Verfolgungskamera, die durch das digitale Gehirn in meinem Sichtfeld angezeigt wurden.

Der Wind war ziemlich stark und das Flugzeug schaukelte. Suzuna-san durfte die Landung auf keinen Fall überstürzen. Sie landete nicht, sondern startete durch. Das war die richtige Entscheidung. Wenn es nicht gut aussieht, muss man es noch einmal versuchen. Wenn man es übertreibt und einen Unfall verursacht, ist am Ende alles verloren.

„Oh, sie startet durch."

Kagawa-san schien von dieser unerwarteten Entscheidung überrascht zu sein.

„Es war die richtige Entscheidung. Nichts zu überstürzen ist das eiserne Gesetz."

„Ach so. Ich hätte es einfach versucht."

„Was? Irgendwann verursachst du noch einen Unfall!"

Nach den Berichten aus ihrem Blog schien Kagawa-san ziemlich gut voranzukommen, aber das, was sie sagte, beunruhigte mich. Der Gedanke, die Landung zu erzwingen, war gefährlich. Ob bei ihr alles in Ordnung war ...?

Der zweite Landungsversuch. Der Wind hatte etwas nachgelassen. Das Flugzeug flog ruhiger. Das sah gut aus, jetzt musste sie nur noch so weitermachen ... Landung! Fast wie aus dem Lehrbuch! Toll!

„Super! Nice landing!" Ich klatschte. Als hätte ich sie angesteckt, fing Kagawa-san auch an zu klatschen.

Die Little Hawk rollte über die Rollbahn in den Hangar. Die Assistentin Mary-chan schwenkte die Fluchtwegbeleuchtung, die an ein Knicklicht erinnerte, um ihr den Parkplatz zu zeigen. Nachdem das Flugzeug genau an der vorgeschriebenen Stelle abgestellt worden war, drehte sich der Propeller immer langsamer. Etwa zur gleichen Zeit, als der Propeller zum Stillstand kam, öffnete Kanagusuku-san, die auf der rechten Seite saß, das Flugzeugdach. Das Bodenpersonal stieg auf die Tragfläche, um beim Abschnallen zu helfen. Kanagusuku-san verließ das Cockpit, gefolgt von Suzuna-san. Sie waren die einzigen beiden Insassen.

Sicherlich war Suzuna-san nervös, mit der Ausbilderin allein zu sein. Dann standen sie sich gegenüber. Suzuna-san stand still und gerade, während Kanagusuku-san eine kurze Ansprache hielt. Anschließend verbeugte sich Suzuna-san tief. Die Ausbilderin nickte und ließ sie allein.

Kanagusuku-san kam überraschend zu mir. Hatte ich etwas falsch gemacht? Ich ging in Verteidigungsstellung.

„Yagasaki", sagte sie mit kalter Stimme.

„Ja …?", antwortete ich zitternd.

„Du bist also wirklich ein Magier."

Schon wieder dieser Witz! Meine Verteidigungsstellung war wohl unnötig.

„Kanagusuku-san, ich bin kein Anime-Protagonist."

„Wie soll ich sonst jemanden nennen, der Suzuna in nur drei Tagen in einen anderen Menschen verwandelt hat? Egal, wer sie unterrichtet hat, es hat nichts gebracht, auch die Leute vom zweiten Campus konnten ihr nicht helfen. Wie hast du es geschafft, dass Suzuna so große Fortschritte gemacht hat? Das würde ich wirklich gerne wissen."

„Na ja, ich habe sie eigentlich nur ganz normal unterrichtet."

„Ganz normal. Willst du damit sagen, dass meine Art nicht normal ist?"

Da ich tatsächlich etwas dazu sagen wollte, richtete ich mich auf, fasste Mut und sprach: „Ich will nicht unhöflich sein, aber ich glaube, Sie sind etwas zu streng."

„Aha, so ist das? Dann frage ich dich, Yagasaki, kannst du dir vorstellen, wie ich im Unterricht mit niedlicher Stimme langsam und freundlich sage: ‚Ja, genau, so macht man das'?"

„Nein, kann ich nicht!", antwortete ich auf der Stelle.

„Gut, dass du das auch so siehst. Verlang nichts von mir, was ich nicht kann."

Sie hatte recht. Ich wusste keine Antwort darauf.

Kanagusuku-san legte ihre Hand auf meine rechte Schulter, kam ein wenig näher und sagte: „Wie dem auch sei, gut gemacht."

Sie klopfte mir zweimal auf die Schulter und ließ mich dann allein.

Ich war ganz überrascht, dass sie so nett sein konnte.

„J-jawohl!" Das war meine kurze Antwort. Mehr war nicht nötig.

„Yagasaki-san!"

Suzuna-san lief zu mir, nahm meine beiden Hände und sagte: „Es hat geklappt! Vielen Dank!"

Sie war den Tränen nahe, oder besser gesagt, sie weinte schon halb. Ich hatte das Gefühl, Suzuna-san zum ersten Mal so gerührt gesehen zu haben.

„Nur dank dir habe ich es geschafft. Wenn ich mir vorstelle, dass du mir nicht geholfen hättest, dann ..."

Als ihre feuchten Augen mich unentwegt ansahen, wurde mein Gesicht ganz rot. Und dann schien Suzuna-san ihre Rührung nicht mehr unterdrücken zu können und ... schloss mich plötzlich in ihre Arme! In ihren Armen wurde mein Kopf völlig blank!

„Hääähhh ..."

Ich fühlte die Nähe ihres schlanken, geschmeidigen Körpers und die unbekannte Weichheit ihrer Brust. Suzuna-san verströmte einen sanften, femininen Duft. Aus meinem Herzen drang etwas Warmes, das sich in meinem ganzen Körper ausbreitete.

Suzuna-san sagte nichts. Ich konnte nicht sehen, welchen Ausdruck ihr Gesicht zeigte.

Dong ... Dong ... Dong ... Ein Klopfen drang in meine Ohren. Als ich mich fragte, was das für ein Geräusch war, merkte ich, dass es mein eigener Herzschlag war. Mein Herzschlag war so laut und ich wunderte mich, dass ein Herz überhaupt so laut klopfen konnte. Einerseits dachte ich vorsichtig: Nein, das geht doch nicht! Andererseits war ich überglücklich und hoffte, für immer in ihren Armen bleiben zu können. Am Ende tat ich nichts und genoss die Zeit in ihren Armen.

Ich wusste nicht, wie lange wir uns schon umarmten. Suzuna-san ließ mich plötzlich los. Mit roten Wangen mied sie meinen Blick.

„Es tut mir leid. Ich konnte einfach nicht anders …", murmelte sie leise und sah zu Boden. Dann rannte sie davon.

Wie ein kaputter Roboter wiederholte ich nur: „Hääähhh …"

Schließlich kam Kagawa-san, hielt meine Wangen mit ihren Händen wie ein Sandwich und fragte: „Alles in Ordnung? Lebst du noch?" Dank ihr war ich von den Toten auferstanden.

„Äh … ähm … was war denn das gerade eben …?"

„Du fragst die Falsche."

Kagawa-san kniff mir in die Backen.

Es hieß, Suzuna-san habe die Prüfung von Kanagusuku-san bestanden. Die Ausbilderin soll sie ermutigt haben, mehr an sich zu glauben. *Wie nett von Kana-chan.*

Der Start und die Landung waren nun das Einfachste vom Einfachsten. Suzuna-san hatte noch einen langen Weg vor sich. Aber zum Glück stand sie nicht mehr kurz davor, das Projekt zu verlassen. *Das allein ist schon ein großer Schritt,* dachte ich.

Übrigens hatten sich ihre Weichheit und ihr Duft in mein Hirn eingebrannt. Seit jenem Tag war ich von dem Gefühl besessen und völlig außer Kontrolle, obwohl das gänzlich unnötig war …

Suzunas Seite

Nach der Prüfung ging ich zurück ins Zimmer.

„Suzu, beruhige dich, beruhige dich erst mal", riet mir Serina, denn ich war seit vorhin sehr unruhig.

„Keine Angst, so was wie ,Wie schamlos, dass du den Milchkaffee-Prinzen umarmt hast' denke ich schon nicht."

„Aber, aber …"

„Beruhige dich! Du warst ohnehin halb abwesend, es ist schon okay. Freu dich doch lieber darüber, dass du die Prüfung bei Kanagusuku-san bestanden hast!"

„Ja, du hast recht, aber …"

In der Tat freute ich mich sehr. Dass ich die Prüfung von Kanagusuku-san bestanden hatte, kam mir wie ein Traum vor. Das alles hatte ich Yagasaki-san zu verdanken. Als ich vor Yagasaki-san stand, der mir geholfen hatte, Hindernisse zu überwinden, die ich vorher nicht überwinden konnte, und ich mich über die bestandene Prüfung freute, war mein Herz übervoll an Gefühlen.

Dann konnte ich einfach nicht an mich halten ...

Gestern hatte ich schon seine Hände gehalten. *Bin ich etwa jemand, der die Kontrolle verliert, wenn die Gefühle hochkommen?* Ich wusste nicht, was ich mit dieser schamlosen Seite von mir anfangen sollte.

„Hey, Serina, meinst du, ich sollte mich bei ihm entschuldigen?"

„Weiß ich nicht. Wie wär's, wenn du ihn noch mal umarmst? An seiner Reaktion wirst du die Antwort erkennen."

„Was? Wenn ich das mache, würde ich im Erdboden versinken."

Das wäre eine Unverschämtheit und sexuelle Belästigung. Das konnte ich nicht. Aber andererseits dachte ich, *wenn Yagasaki-san es mir erlaubt, würde ich es gerne noch einmal tun.* Mit einem Kissen in den Armen lag ich auf der Decke und konnte nicht aufhören, darüber nachzudenken.

Nach einer Weile sprach mich Serina an: „Suzu, bleibt es bei einer Umarmung?"

„Was meinst du?"

„Willst du ihn nicht nach seinen Kontaktdaten fragen?"

„Ich will schon, aber ..."

„Wie wär's, wenn du die Sache mit der Umarmung erst mal nicht mehr ansprichst und ihn nach seinen Kontaktdaten fragst, um ihn abzulenken? Zwei Fliegen mit einer Klappe."

„Aber ich kann nicht so gut kommunizieren wie du ..."

„Überleg doch mal, Suzu. Heute hast du die Prüfung bestanden, vielleicht ist euer Spezialtraining dann zu Ende und ihr seht euch nie wieder ..."

Daran hatte ich noch gar nicht gedacht. Aber die Möglichkeit bestand. Bis wann unser Unterricht weitergehen würde, stand nicht fest. Vielleicht ging er heute schon zu Ende ... Wenn ich ihn nicht nach seinen Kontaktdaten fragen würde, wäre unsere Beziehung auch zu Ende.

„Solange man die Chance hat, sollte man sie sich nicht entgehen lassen, denke ich jedenfalls."

Ihre Worte versetzten mir einen Stich in die Brust. *Sie hat recht. Ich kann die Sache mit der Umarmung nicht einfach unter den Teppich kehren, deshalb werde ich ernsthaft mit ihm darüber reden.* Und ich beschloss, nach seinen Kontaktdaten zu fragen.

Zum Glück hatte ich schon zeitnah die Gelegenheit dazu.

Yagasakis Seite

Suzuna-san hatte die Prüfung bestanden und damit war die Geschichte zu Ende – aber das wäre zu einfach gewesen. Am folgenden Tag, einem unterrichtsfreien Samstag, nahm das Geschehen eine interessante Wendung. Schon vor Sonnenaufgang begann es leicht zu regnen, doch im Laufe des Vormittags klarte es auf. Die Regenwolken zogen nach Osten ab und machten einem strahlend blauen Himmel Platz, an dem die Sonne ungestört leuchten konnte. Die Luft war angenehm warm, und alles deutete auf einen wunderbaren Tag hin.

In diesem strahlenden Himmel flog ich mit dem Jet, der mir vom Schuldirektor zur Verfügung gestellt worden war. Es war ein ehemaliges Kampfflugzeug, bekannt unter dem Namen Flanker, ein Begriff, der wohl nur Militärliebhabern geläufig ist. Flanker genießt unter Kennern einen hervorragenden Ruf. Warum genau ein solches Flugzeug an der Houshou-Akademie stand, wusste ich ehrlich gesagt auch nicht. Viele, die ich gefragt hatte, wussten es nicht, und die, die es wussten, wollten es nicht verraten. So wurde sie zur mysteriösen Flanker.

Die Flanker zeichnet sich durch ihre kleinen Vorderflügel, die sogenannten Canards, und eine Schubvektorsteuerung aus. Insbesondere die Schubvektorsteuerung ermöglicht es ihr, sich fast wie ein Lebewesen durch die Luft zu schlängeln – ein ziemlich beeindruckender Anblick. Weitere charakteristische Merkmale sind das nahtlos integrierte, einteilige Flugzeugdach und der Verzicht auf die sonst übliche schwarze Linse des Infrarotzielsystems (IRST), was dem Cockpit eine ansprechende Ästhetik verleiht und die Sicht vom Pilotensitz verbessert. Vom Aussehen her erinnert sie an die Su-37. Es gibt unzählige weitere Besonderheiten, aber ich könnte ewig darüber reden.

Die von der Houshou-Akademie-Werkstatt gebaute Flanker wird liebevoll „Houshou-Flanker" genannt, und so nenne auch ich sie.

Die Houshou-Flanker war in einem makellosen Weiß gehalten, das Cockpit schwarz umrandet. Die Kanten der Tragflächen waren mit einer dünnen blauen oder roten Linie verziert, was die elegante Form der Flanker unterstrich und ihr zusätzlichen Glanz verlieh.

So viel zur Einführung.

Ich steuerte die geheimnisvolle Houshou-Flanker durch den Himmel, gekleidet in einen marineblauen Anti-G-Anzug, Helm und Sauerstoffmaske, eingezwängt in das enge Cockpit des Einsitzers. Nur die KI, die ich liebevoll Zhuravlik nannte, was kleiner Kranich bedeutet, war meine Begleitung.

Normalerweise nutzte ich das Flugzeug für Übungen über dem Meer im Süden, um im Falle eines Absturzes niemanden zu gefährden – nicht. Über dem menschenleeren Meer zu fliegen, verhinderte Lärmbelästigungen.

Doch heute hatte ich mich für den Flug nach Norden entschieden. Die Strecke war kurz, etwa 80 Kilometer, eine Distanz, die im Flug schnell zurückgelegt ist. Ich hielt mich unterhalb von 3000 Metern und achtete darauf, die Schallgeschwindigkeit nicht zu überschreiten, denn das Triebwerk dieses Jets konnte leicht die Schallmauer durchbrechen, selbst ohne Nachbrenner.

Ich zoomte die Karte auf meinem Display heran, betrachtete die Zielmarkierung und überlegte, was wohl an der Luftraststätte los sein mochte.

Eine Luftraststätte ist vergleichbar mit einer Autobahnraststätte, aber für die Luftfahrt. Es handelt sich um kleine, regelmäßig gewartete Flugplätze, oft in der Nähe von Touristenattraktionen gelegen und mit Rastmöglichkeiten versehen. Einige dienen selbst als Attraktion.

Mein Ziel war die Raststätte Tamagawa Erholungsstrand, eine idyllische Kombination aus Flugplatz und Freizeitort am Japanischen Meer. Neben dem malerischen Sandstrand lockte der Ort mit einem Campingplatz und einer heißen Quelle – eine perfekte Kombination. Doch trotz seiner Vorzüge blieb er unter dem Radar der breiten Öffentlichkeit und galt als Geheimtipp für Kenner. Obwohl ich in derselben Präfektur lebte, war mir dieser charmante Fleck Erde bis zu meiner jüngsten Recherche unbekannt geblieben, also ein echter Insidertipp.

Der Auftrag, mich dorthin zu begeben, kam direkt vom Direktor höchstpersönlich. Er hatte angeordnet, dass ich um elf Uhr vormittags mit der Flanker an der Raststätte sein sollte. Bei einer Direktive des Direktors gab es keinen Raum für Widerspruch. Pünktlich zur festgelegten Zeit überflog ich die Raststätte, und da das Flugzeug sehr laut war, sorgte ich mich um die Flughöhe. Ob sie angemessen war?

Kurz darauf erhielt ich eine Benachrichtigung – nicht über den üblichen Flugfunk, sondern durch einen Videoanruf über das Modem. Am anderen Ende war der Direktor.

„Hallo, Yagasaki-kun, du bist pünktlich gekommen."

Ich erblickte das Gesicht des gutmütigen Großväterchens, der mich mit seinem typischen Lächeln begrüßte.

„Es tut mir leid, dass ich dich so früh störe, aber könntest du uns heute mal zeigen, was du drauf hast?"

„Was ich so drauf habe, das heißt …?"

„Ich möchte, dass du einen Kunstflug vorführst."

„Wie bitte? Einen Kunstflug?"

Ich war perplex. Ich sollte einen Kunstflug vorführen?

„Ähm, wenn es auch ein einfacher sein darf …"

„Natürlich, entspann dich. Zeig einfach, was du mit diesem Flugzeug anstellen kannst."

Entspannen? Bei einem Kunstflug?

„Ich kann's versuchen, aber warum diese plötzliche Aufforderung?"

Er zögerte kurz. „Um ehrlich zu sein, die Mitglieder des ‚Project Fly High' sind auch hier. Sie beobachten dich gerade von der Luftraststätte aus."

„Wie bitte?"

Die Mitglieder von „Project Fly High", also Kagawa-san und Suzuna-san. Ich erinnerte mich daran, wie Suzuna-san mich gestern umarmte.

„Du bist ein Mann und willst ihnen sicher zeigen, wie cool du bist."

„Nein, das … Ich würde lügen, wenn ich das Gegenteil behaupten würde."

„Ich würde auch gern sehen, wie weit du gekommen bist. Also wollte ich die Gelegenheit nutzen und dachte, der Ort wäre vielleicht ganz gut. Ich habe schon die Erlaubnis der Einheimischen, was den Lärm angeht. Mach dir keine Sorgen."

Der Schuldirektor hatte an alles gedacht. Er war nicht ohne Grund bekannt für seine sorgfältige Vorbereitung. Wenn er jemanden um etwas bat, gab es nur zwei Antwortmöglichkeiten: „Ja" und „Ja". Widerspruch wurde nicht geduldet. Also musste ich zeigen, was ich so drauf hatte.

„Alles klar. Dann versuche ich es."

„Ja, pass gut auf dich auf."

Ich beendete den Anruf, atmete tief durch und stellte mir die kommende Vorstellung bildlich im Kopf vor.

Wenn ich den Flugplatz der Luftraststätte als Zuschauertribüne betrachtete und dies hier als Bühne, dann musste ich einen Plan schmieden. Da ich noch keinen Unterricht in Kunstflugvorführungen erhalten hatte, musste ich mich auf mein Bauchgefühl verlassen.

„Na dann, Zhura, heute ist es so weit", rief ich der KI des Flugzeugs zu. Um den langen Namen Zhuravlik abzukürzen, nannte ich sie meistens Zhura.

„In Ordnung, Master, halten Sie sich nicht zurück", sagte die kalte weibliche Stimme. Diese KI wirkte generell distanziert, ihr Ausdruck gleichgültig. Aber genau das mochte ich.

Ich ergriff den Steuerknüppel mit der rechten Hand. Es war ein Sidestick, rechts im Cockpit positioniert. Die Mittelkonsole bestand aus einem Touchscreen, umgeben von wenigen Schaltern. Die meisten Instrumentenanzeigen waren direkt in meinem Sichtfeld eingebettet.

Die linke Hand legte ich an den Gashebel, der traditionell auf der linken Seite des Cockpits angebracht war. Ich atmete noch einmal tief durch, um meine aufwallenden Emotionen zu beruhigen.

Die technischen Spezifikationen dieses Flugzeugs waren beeindruckend. Es gehörte zu der höheren Gewichtsklasse der Kampfjets. Normalerweise könnte es, je nach Kraftstofflast, bis zu 23 Tonnen wiegen, mehr als ein voll beladener Muldenkipper. Mit einer maximalen Schubkraft von 28 Tonnen und der Fähigkeit zu abrupten Richtungswechseln dank der Schubvektorsteuerung, war dieses Flugzeug in seiner Klasse unübertroffen. All diese Merkmale machten eine manuelle Steuerung ohne den Flugsteuerungscomputer praktisch unmöglich. Je mehr ich darüber nachdachte, desto beängstigender erschien mir der Gedanke, mit diesem Flugzeug Kunstflug zu betreiben.

Dieses Unbehagen zu überwinden, war das Ziel vieler Piloten der Houshou-Akademie gewesen, doch alle hatten letztlich aufgegeben. „Unmöglich", „das schaffe ich nie", war oft zu hören. Würde ich das schaffen, woran so viele andere gescheitert waren?

Ich war keineswegs ein herausragender Pilot. Vielleicht konnte ich nicht das volle Potenzial dieses außergewöhnlichen Flugzeugs ausschöpfen, aber ich war entschlossen, es zu versuchen. Denn dieses Flugzeug, die Flanker, hatte mir gezeigt, wie sehr ich das Fliegen liebte.

So startete ich mit dem Flugzeug, das weltweit als das schönste galt. In ganz Japan gab es nur zwei Flanker, und diese, die Houshou-Flanker, war einzigartig ausgestattet. Es war an der Zeit, eine Show zu liefern, die nur dieses Flugzeug bieten konnte.

Ich senkte die Flughöhe und passierte den Bereich über der Luftraststätte. Ich erhöhte die Empfindlichkeit des Steuerknüppels und der Pedale auf das Dreifache. Mit einem energischen Zug brachte ich die Flugzeugnase nach oben, und das Flugzeug stieg senkrecht in die Höhe. Der plötzliche Stopp ließ mich den Druck deutlich spüren.

Nach drei Sekunden in dieser Position drückte ich den Steuerknüppel nach vorn, um die ursprüngliche Fluglage wiederherzustellen. Mit dem Nachbrenner aktiviert, schoss das Flugzeug vorwärts und verließ das Japanische Meer. Diese Technik, das Kobramanöver, wurde von Wiktor Pugatschow entwickelt und wird gelegentlich mit Propellerflugzeugen demonstriert, die für den Kunstflug modifiziert wurden. Doch es mit einem Kampfjet wie diesem zu versuchen, war nahezu Wahnsinn.

Mit einem kraftvollen Motor, fortschrittlicher Technik und dem robusten Körperbau russischer Piloten war dies möglich. *Meinen Respekt, Herr Pugatschow!*

Nach einer ausgiebigen Rechtskurve befand ich mich rechts der Luftraststätte und steuerte mein Flugzeug von Osten her an. Ich beschloss zu steigen, was sich als unerwartet anstrengend herausstellte. Der Druck war so stark, dass er mir fast die Luft zum Atmen nahm.

Ich flog weiter, um einen Salto zu initiieren. Mitten in der Luft zog ich entschlossen am Steuerknüppel! Der hintere Teil des Flugzeugs begann zu steigen, und auf dem Höhepunkt des Saltos war das Flugzeug vollständig umgekehrt. Nun sollte ich eine 180-Grad-Drehung vollführen, um meine Ausgangsrichtung nach Westen wieder einzunehmen.

Dieses gewagte Manöver zehrte rapide an der aerodynamischen Energie. Die Geschwindigkeit fiel abrupt ab, der Auftrieb schwand, und das Flugzeug drohte durchzusacken. Wider besseren Wissens entschloss ich mich, das Risiko einzugehen und nicht abzubrechen. Ich trat fest auf das linke Seitenruderpedal, während das Flugzeug waagerecht flog. Das Flugzeug blieb stabil in der Horizontalen und begann sich rechts zu drehen, während es beinahe senkrecht fiel, fast wie ein stürzender Bumerang, der eine Kurve macht – eine vielleicht schwer nachzuvollziehende Beschreibung.

Nach einer Serie von Leichtsinnigkeiten häuften sich die Warnsignale im Cockpit. Sie warnten vor drohendem Durchsacken, zu niedrigem Auftrieb und einer instabilen Fluglage. Ich entschied mich, die Nase des Flugzeugs wieder zu senken, um die Kontrolle zurückzugewinnen. Der Auftriebsbeiwert fiel auf schwindelerregende minus zwanzig. Trotz dieser kritischen Situation blieb die KI Zhura ungerührt und warnte mich mit ihrer gewohnten Kühle nicht weiter. Genau das mochte ich an ihr.

Russische Piloten könnten in einem solchen Zustand zwei vollständige Drehungen vollführen. Aber für mich war das unmöglich. Als ich zum zweiten Salto ansetzen wolle, bemerkte ich durch die Bewegung der Drehachse, wie gefährlich das Manöver war und brach nach einer halben Drehung ab und kehrte nach Osten zurück. Ich senkte die Nase des Flugzeugs und steuerte nach unten, um wieder in eine stabile Fluglage zu kommen.

Dieser riskante Flug erforderte, dass ich viel näher am Boden blieb als üblich, was sowohl physisch als auch psychisch eine enorme Herausforderung darstellte. Nach nur zwei ausgeführten Techniken war ich vollkommen erschöpft, als hätte selbst die Sauerstoffmaske nicht genug Luft für mich.

Aber ich gab mich nicht geschlagen!

Nach einer ausgedehnten Linkskurve näherte ich mich der Luftraststätte von Westen her. Ich erhöhte die Empfindlichkeit des Steuerknüppels auf das Dreifache und zog ihn ohne Richtungswechsel entschlossen zu mir. Die Nase des Flugzeugs hob sich spektakulär. Und in einem weiteren waghalsigen Zug lenkte ich die Nase abrupt in die entgegengesetzte Richtung. Die Welt stand für einen Augenblick Kopf, bevor ich die Nase des Flugzeugs wieder in die ursprüngliche Position brachte, solange noch genügend aerodynamische Energie vorhanden war. Mithilfe der Schubvektorsteuerung änderte ich die Flugrichtung mit Gewalt!

Gut! Ich war wieder in der horizontalen Flugposition. *Geschafft.*

Irgendwie hatte ich das sogenannte Kulbit-Manöver gemeistert. Nach einer kurzen Pause flog ich von der Ostseite der Luftraststätte ein. Beim nächsten Kunststück initiierte ich das Kobramanöver, ließ das Heck in der Mitte des Manövers nach rechts schweben, um eine halbe Drehung zu vollführen, senkte dann die Nase und stürzte schnell ab. Den Namen dieses Manövers kannte ich nicht.

Ich setzte noch einige weitere Kunststücke fort. Ich war mir bewusst, dass ich nicht so geschickt fliegen konnte wie die russischen Piloten der Vergangenheit. Das war mir klar. Ich war noch grün hinter den Ohren. Einfach erbärmlich.

Trotz meiner Unzulänglichkeiten führte ich den Kunstflug fort. *Wann wird dieses kräftezehrende Schauspiel enden?* Innerlich seufzte ich vor Erschöpfung und wünschte mir nichts sehnlicher, als endlich aufhören zu können. Just in diesem Moment, als die Gedanken mir fast zu überwältigend wurden, bekam ich plötzlich einen Videoanruf – es war der Schuldirektor.

„Yagasaki-kun, du brauchst noch etwas Feinschliff, aber für die kurze Zeit hast du wirklich viel gelernt. Hervorragend. Ich wusste, dass es die richtige Entscheidung war, dir das Flugzeug zu überlassen."

„Vielen Dank. Herr Direktor ... *hach, hach* ...", antwortete ich, während ich außer Atem.

„Es war mir wirklich ein Vergnügen. Du bist sicher erschöpft, komm runter."

„Äh, ja."

Das heißt, ich durfte die Flugshow beenden. Endlich! Das war meine Rettung.

Aber warte, „komm runter", sagte er?

„Entschuldigung, Herr Direktor."

„Ja?"

„Meinen Sie mit ‚Komm runter', dass ich etwas tiefer fliegen soll?"

„Nein, nein. Ich meinte, dass du das Flugzeug hier an der Luftraststätte absetzen sollst."

„Hier an der Luftraststätte?"

Meint er das ernst? Das ist ziemlich viel verlangt ...

Die Start- und Landebahn der Luftraststätte war in der Regel 1200 Meter lang. Diese Länge hatte auch die Landebahn in Tamagawa. Für ein leichtes Flugzeug war die Länge ausreichend, für ein Kampfflugzeug könnte es schwierig werden, aber nicht unmöglich, denn dieses Flugzeug war unglaublich gut ausgestattet.

„Suzuna-san und die anderen warten gerade auch auf dich. Es gibt noch viele interessante Veranstaltungen. Also bis gleich."

Nachdem der Schuldirektor gesagt hatte, was er sagen wollte, legte er auf.

„Muss ich das wirklich machen?"

Ich hatte *es* noch nie benutzt. Ob ich das aus dem Stegreif schaffe ...? Wenn ich es vermasselte, würde es sich erhitzen und in Flammen aufgehen ... Aber ich musste es versuchen, schließlich hatte der Direktor es von mir verlangt. Ich bereitete mich auf das Schlimmste vor.

Das Kontrollsystem der Luftraststätte war fast vollständig automatisiert. Es gab nicht einmal einen Kontrollturm, nur ein oder zwei Mitarbeiter am Boden überwachten das System. Ein Beweis dafür, dass es einwandfrei funktionierte. Allerdings stand in den Nutzungsbedingungen der Luftraststätte klar und deutlich, dass die Nutzung auf eigene Verantwortung erfolgt. Mit anderen Worten: Man kann machen, was man will, aber man ist selbst dafür verantwortlich.

Nun ging es um Leben und Tod. Ich war auf alles vorbereitet. Jetzt konnte es losgehen.

Entgegen der Windrichtung flog ich von der Seeseite ein. Zur Landung steuerte ich die Piste 17 an und fuhr das Fahrwerk aus. Die Landebahn war sehr kurz, nicht einmal halb so lang wie die, die ich sonst benutze.

Ich konnte gerade noch rechtzeitig abbremsen. Da die Flanker unglaublich große Tragflächen hatte, war der mögliche Auftrieb entsprechend groß und man konnte die Landegeschwindigkeit gut reduzieren. Ich fuhr die Heckklappen ganz aus und passte den Anstellwinkel an. Da diese Flanker viel Treibstoff und Hochleistungsbatterien an Bord hatte, entfiel die für Flanker typische Druckluftbremse am Heck.

Knapp an der Landelinie berührte das Hauptfahrwerk den Boden. Zeit, *es* zu starten. Schubumkehr, an! Das Triebwerk wurde vor dem Nachbrenner gesperrt, und die Auslassöffnungen oben und unten in der Triebwerksgondel öffneten sich, um den Schub in Richtung Nase zu leiten.

Im Gegensatz zu herkömmlichen Flankern verfügte diese Flanker über einen Schubumkehrer. Diese Modifikation wurde vorgenommen, um der nationalen japanischen Gesetzgebung zu entsprechen. Solange ein Flugzeug auf einer Luftraststätte starten und landen konnte, war es möglich, es als „ziviles Kleinflugzeug" zu deklarieren und Steuern zu sparen. Ich fragte mich nur, was an der Flanker wie ein ziviles Kleinflugzeug aussah.

Jedenfalls war der Effekt der Schubumkehr großartig. Es war eine ganz neue Art zu bremsen, die Geschwindigkeit ging blitzschnell zurück. Aber weil die Bremse zu gut funktionierte, hatte ich das Gefühl, das Flugzeug würde nach vorn kippen und sich überschlagen. Ich geriet in Panik und drückte den Gashebel mit einem Ruck nach unten, dann wurde die Bremse zu schwach und ich musste den Gashebel langsam nach oben drücken, um sie zu korrigieren.

Plötzlich drehte sich die Nase nach rechts und steuerte auf die rechte Seite der Landebahn zu, vermutlich als Reaktion auf eine leichte Bewegung des Seitenruderpedals. In Panik trat ich das linke Seitenruderpedal, wahrscheinlich zu stark, denn nun driftete die Nase nach links. Bei aktivierter Schubumkehr schien die Steuerung empfindlicher zu sein als sonst.

Vorsichtig justierte ich das linke und rechte Seitenruderpedal und konnte das Flugzeug nach etwa 1000 Metern endlich zum Stehen bringen. Zum Glück war es nicht überhitzt. Wäre ich von der Landebahn abgekommen, hätte es wieder so ein Durcheinander gegeben wie bei dem ernsten Vorfall.

„Huch, es hat geklappt. Zum Glück …"

Kaum hatte ich Luft geholt, erhielt ich eine Warnung vom Kontrollsystem der Luftraststätte. „Bitte verlassen Sie die Landebahn", hörte ich eine automatisierte weibliche Stimme sagen. Ich sollte also schnell zum Vorfeld rollen.

Wie vom Kontrollsystem gefordert, fuhr ich über die hinterste Rollbahn auf das Vorfeld. Die Rollbahn war so schmal, dass ich mehrmals anhalten und abbiegen musste, um nicht vom Weg abzukommen.

Auf dem Vorfeld standen die Mitglieder und die Mitarbeiter des „Project Fly High", der Schuldirektor und das Personal. Als ich Suzuna-san und Kagawa-san sah, winkte ich ihnen vom Cockpit aus zu. Sie winkten zurück.

Ich folgte den Anweisungen des Bodenpersonals und fuhr mit dem Flugzeug in den Hangar für große Flugzeuge, die an der Luftraststätte landen durften. Der Hangar befand sich in der hintersten Ecke, und als ob das nicht schon schlimm genug wäre, musste ich auch noch rückwärts einparken … Der Steuerknüppel kam wieder zum Einsatz.

Das Flugzeug war auch gut digital ausgestattet. Durch Zusammenfügen der Bilder der an verschiedenen Stellen installierten Kameras war ein 360°-Sichtfeld möglich. Das nutzte ich auch beim Rückwärtseinparken. Es war trotzdem ziemlich kompliziert.

Nachdem mir das Bodenpersonal eine trapezförmige Leiter zur Verfügung gestellt hatte, legte ich meinen Helm auf den Sitz und stieg aus. Dann bat ich Zhura, das Dach des Flugzeugs zu schließen.

Langsam ging ich zu Suzuna-san und den anderen. Im Anti-g-Anzug war das keine leichte Aufgabe.

Zuerst sagte Kagawa-san etwas, das mich freute: „Echt beeindruckend! Dass du solche Kurven in der Luft machen konntest, echt cool!"

Auch Suzuna-san lobte mich.

„Du bist wirklich toll. Ich war total hin und weg …"

Ich schämte mich. Es kam nicht oft vor, dass mich jemand so lobte. Und dass Mädchen mich cool und toll nannten, war wohl das erste Mal. Aber ich war nicht gut genug, um übermütig zu werden. Ich war nicht in der Lage, das volle Potenzial des Flugzeugs auszuschöpfen.

Also antwortete ich ehrlich: „Nein, nein, ihr lobt mich ja in den Himmel. Ich bin noch lange nicht gut genug ..."

Dann machte Kawaga-san aus irgendeinem Grund ein verärgertes Gesicht. Auch Suzuna-san sah irritiert aus.

„Sag mal, Yaga-chan."

„Yaga-chan"? Sie hatte mir schon wieder einen komischen Spitznamen gegeben. Während der Schuldirektor uns lächelnd ansah, hob Kagawa-san die rechte Hand ...

Sie zeigte mit dem Zeigefinger auf mich und schrie: „Was bist du für ein Idio-oooot!!"

Aus irgendeinem Grund war sie plötzlich wütend.

$$\bigcirc$$

Warum hatten sich die Mitglieder des „Project Fly High" hier eingefunden? Es hieß, dass sie heute an einem Strand-Fotoshooting teilnahmen. Bei dem Gedanken an ein Fotoshooting am Strand schweiften meine Gedanken ab, doch bevor ich weitere Einzelheiten erfragen konnte, verschwanden Suzuna-san und die anderen in der Unterführung, die die Luftraststätte mit dem Strand verband.

In meinem auffälligen Anti-g-Anzug wollte ich nicht am Strand erscheinen, also wechselte ich dankbar in Alltagskleidung, die der Direktor freundlicherweise für mich bereithielt. Ich zog das langärmelige Hemd und die Jeans an, die er mir geliehen hatte, und nutzte dazu einen Raum in der Luftraststätte, die heute ausschließlich für die Houshou-Akademie reserviert war.

Einerseits war es ein Privileg, eine öffentliche Einrichtung ganz für mich allein zu haben, andererseits empfand ich die Ruhe und Leere dieses sonst so belebten Ortes als unheimlich. Die Stille beunruhigte mich, sodass ich die Luftraststätte rasch verließ.

„Wie wäre es, wenn du dir noch den Strand ansiehst?", riet der Schuldirektor. Also ging ich durch die Raststätte für Autos zum Strand.

Die Raststätte wurde von einem Fluss in zwei Bereiche geteilt. Auf der linken Seite befanden sich die heiße Quelle, der Campingplatz und der schöne Sandstrand – ein Paradies für Camper. Auf der rechten Seite lockten Freizeiteinrichtungen wie ein Museum für lokale Spezialitäten und Restaurants. Die Luftraststätte selbst befand sich südlich dieser Anlagen, clever über eine Bundesstraße gebaut, die tief unter ihr verlief.

Der Strand auf der linken Flussseite war gut gepflegt, während die Küste rechts hauptsächlich aus Deichen und Felsen bestand. Mir wurde jedoch gesagt, dass, wenn man den Felsen folgte, ein malerischer Sandstrand zum Vorschein käme. Diesen hatte der Direktor empfohlen. Da der linke Strand bei den Gästen beliebt war, entschied ich mich, dem Rat des Direktors zu folgen und den Weg zu den Felsen einzuschlagen.

Dort angekommen, stand ich vor einem elektrischen Tor, das zwar nicht physisch verschlossen war, jedoch bei unbefugtem Passieren einen Alarm auslöste. Ein weiteres Fortschreiten wäre durch eine digitale Barriere verhindert worden. Ich hielt meine Hand an das Lesegerät, die Kommunikation über das Modem verlief reibungslos, und ich wurde sofort durchgelassen.

Der Pfad war schmal und wirkte so, als könnte er bei Flut unter Wasser stehen, doch er war gut instand gehalten. Ich musste nicht vorsichtig über unebene Felsbrocken steigen, sondern konnte zügig vorankommen. Allerdings fehlte ein Geländer, was es für Eltern mit Kindern vielleicht schwierig machte.

Der Sandstrand breitete sich vor mir aus, eine perfekte Bucht umrahmt von kobaltblauem Meer und strahlend weißem Sand. Alles schien gepflegt und von Müll war keine Spur zu sehen; der einzige Hinweis auf die Umgebung war der salzige Duft, den die Meeresbrise mit sich brachte.

Über mir strahlte die Sonne von einem wolkenlosen Himmel herab. Die weißen Wolken, die am Morgen noch den Himmel bedeckt hatten, waren längst nach Osten abgezogen. In der Sonne war es angenehm warm, fast schon heiß, und ich ließ mich von der überwältigenden Schönheit des Himmels, des Meeres und des Strandes verzaubern. Fast magisch angezogen, setzte ich meinen Weg fort.

Vom felsigen Weg kommend, erreichte ich den Strand, wo ich Stimmen vernahm. Neugierig, ob jemand in der Nähe war, ging ich weiter und schaute mich um. Dabei wurde mir plötzlich klar, wie gedankenlos ich war.

Es waren tatsächlich Menschen da und unter ihnen erkannte ich zwei bekannte Gesichter: Suzuna-san und Kagawa-san, umringt von Mitarbeiterinnen. Suzuna-san hatte ein zylinderförmiges Handtuch um ihre Schultern gelegt, offenbar hatte sie gerade ihre Unterwäsche abgelegt. Kagawa-san hingegen trug eine Bikinihose und war dabei, ihr Oberteil anzuziehen, nur die *Spitzen* ihres Oberkörpers waren notdürftig von ihren langen Haaren bedeckt. Ihre vollen Brüste waren sehr präsent.

Die Zeit stand still. In meinem Kopf blieb der Sekundenzeiger stehen, bis ich das vor Scham verzerrte Gesicht von Kagawa-san sah.

„Hääääääh?" Es war ich, der den Schrei ausstieß.

Ich drehte mich auf der Stelle um und rannte den Weg zurück, den ich gekommen war. Mehrmals versanken meine Füße im Sand, doch ich dachte nur an die Flucht. Als ich die Felsen erreichte, versuchte ich, mich hinter ihnen zu verstecken.

Mein Kopf war leer, mein Herz schlug nach dem Halbmarathon laut, als wolle es aus meiner Brust springen.

Ich hatte sie gesehen. Sie beim Umziehen gesehen. Es war das legendäre, seit Jahrhunderten überlieferte Malheur, das Männer ereilen kann: Frauen versehentlich nackt zu erwischen!

Nein, nein, ich freue mich kein bisschen. Ganz und gar nicht. Denn ich wusste, dass ich hingerichtet werden würde, weil ich die nackten Körper der Mädchen gesehen hatte! *Was soll ich tun?* Panik überkam mich. Mein Kopf war vollkommen leer. Ich konnte nur daran denken, dass es schlecht um mich stand.

Nachdem ich Zeit verschwendet hatte, ohne zu wissen, was zu tun war, hörte ich eine Stimme: „Yaagasaaki-kun, hast du kurz Zeit?"

Die Henkerin erschien. Ihr Name war Serina Kagawa, und sie trug eine hellgraue Jacke über ihrem Bikini. Mit Ehrfurcht blickte ich in ihre Augen, die zwar lächelten, aber deren braune Iris kein Licht, sondern nur dunkle Wut zeigte ... Beängstigend!!

Mit einer schweren, unheilvollen Miene und in förmlicher Haltung verharrte ich im Sand, bereit, mein Schicksal zu akzeptieren, während mir die weichen, weißen Sandkörner durch die Finger rieselten – eine letzte, bittersüße Freude, bevor mein Vergehen gesühnt würde.

Entschlossen, für mein Versehen zu büßen, beschloss ich, die Strafe auf mich zu nehmen, anstatt in Panik zu fliehen, von den Felsen ins Meer zu stürzen und dabei ums Leben zu kommen.

„Es tut mir leid. Bestraft mich, wie ihr es für angemessen haltet."

„Oh, Ihr Mut ist bewundernswert", entgegnete Kagawa-san, während sie mich fest am Nacken packte.

„Ja ...", stimmte ich mit gedämpfter Stimme zu.

Aus irgendeinem Grund sprach sie formell, bevor sie mich mit sich zog. Ich ahnte bereits, welche Strafe mich erwarten könnte: im besten Fall Verbannung auf eine Insel, im schlimmsten Fall Enthauptung. Ich musste mein Schicksal akzeptieren, denn seit jeher war dies der Preis, den man zahlen musste, wenn man jemanden versehentlich nackt sah.

Im Kniesitz verharrte ich auf dem weißen Sand. Bedauerlicherweise konnte ich das angenehme Gefühl des feinen, weichen Sandes nicht vollends genießen. Die Henkerin, Serina Kagawa, erhob sich majestätisch vor mir. Neben ihr stand Suzuna-san, die ihr Gesicht abwandte. Auch sie trug eine hellgraue Jacke über ihrem Badeanzug, ihre Haare zu einem gewohnten Pferdeschwanz gebunden. Ich war dankbar, zum letzten Mal ihre Schönheit bewundern zu dürfen.

Um uns herum versammelten sich einige Mitarbeiterinnen, die mich umringten. Sie lächelten verlegen, als wollten sie sagen: „Der hat's echt vermasselt." Ich war erleichtert, dass mich niemand wie eine Kanalratte ansah.

„Lasst uns beginnen. Angeklagter Yagasaki", verkündete Kagawa-san.

„Ja ...", antwortete ich resigniert.

„Todesstrafe, Hinrichtung oder Exekution – Sie haben die Wahl."

„Egal, was ich wähle, das Ergebnis bleibt das Gleiche – ich hab's schon verstanden!"

„Natürlich! Deshalb sind wir schließlich früher hierhergekommen!"

„Es tut mir wirklich leid. Ich habe nicht darüber nachgedacht."

„Ach so? Du hast nicht darüber nachgedacht und bist einfach hier aufgetaucht? Sicher nur eine Ausrede, um deine wahren Absichten zu verbergen?"

„Nein, auf keinen Fall!" Ich schüttelte den Kopf mit aller Kraft. Es war nur ein Unfall und keine Absicht!

„Ähm ...", unterbrach uns Suzuna-san, „auf dem Weg hierher soll es ein elektrisches Tor geben ..."

„Äh, ja", nickte ich, „ich habe einfach die Hand hingehalten und wurde durchgelassen. Dann dachte ich, es wird schon in Ordnung sein, und bin einfach weitergegangen. Ich hatte ja keine Ahnung, dass so etwas passieren könnte ..."

„Du hast das Tor passiert?"

Kagawa-san verzog das Gesicht. Offenbar war ihr etwas eingefallen. Sie wandte sich an eine der Mitarbeiterinnen: „Haben Sie das elektrische Tor abgeschlossen?"

„Ja, selbstverständlich. Das Gelände ist heute exklusiv für uns reserviert."

„Haben Sie vielleicht vergessen, es zu verriegeln?"

„Ich werde das sofort überprüfen."

Die Mitarbeiterin kontaktierte umgehend die zuständigen Personen. In dieser Zeit musste ich Kagawa-sans missbilligenden Blick ertragen. Sie betrachtete mich einen Moment lang nachdenklich, dann neigte sie fragend den Kopf.

„Du hast es doch nicht etwa gehackt, oder?"

„Kagawa-san, ich bin ein Flugzeug-Nerd und kein Computer-Nerd, also natürlich nicht."

„Dachte ich mir schon."

Offenbar hatte die Mitarbeiterin die nötige Information erhalten und flüsterte Kagawa-san etwas ins Ohr. Die dünnen Augenbrauen des Idols zuckten, dann lachte sie trocken.

„Yaga-chan, wir haben gerade die Bestätigung erhalten."

„Ja?"

„Warum bist du hierhergekommen? Hat dir der Direktor gesagt, dass wir uns hier umziehen würden?"

„Nein, hat er nicht", schüttelte ich entschieden den Kopf. „Direktor hat mir nur empfohlen, ich solle mir auch den Strand ansehen. Ich wollte meinen Spaziergang mit etwas Sightseeing verbinden …"

„Haha, ich verstehe. Der Direktor hat dich also aufs Glatteis geführt."

„Was?"

Aufs Glatteis geführt? Was meint sie damit?

„Wir haben gerade mit den Mitarbeitern der Einrichtung gesprochen; sie sagten, der Direktor hätte ihnen gesagt, sie sollen dich durchlassen."

„Was? Aber warum?"

Als sie mein verblüfftes Gesicht sah, verschränkte sie die Arme und zuckte mit den Schultern.

„Wusstest du das nicht? Der Direktor mag harmlos wirken, aber er liebt es, Streiche zu spielen."

„Was?!"

Würde er tatsächlich so etwas Dummes tun? Inmitten dieser Gedankenflut vibrierte mein Handy mit einer Nachricht vom Schuldirektor. Er hatte mir ein Foto geschickt, auf dem er schelmisch grinsend das Peace-Zeichen machte, begleitet von den Worten: „Hast du dich mit den hübschen Mädels amüsiert?"

In diesem Moment wurde es mir klar. Der Direktor hatte mich tatsächlich reingelegt. Er hatte den perfekten Moment abgepasst, um mir den Strandbesuch zu empfehlen und dann ließ er mich durch das elektrische Tor, um mich in diese heiße Begegnung zu locken! Bekannt für seine sorgfältige Planung, hatte er diesmal wirklich übertrieben!

Ich zeigte Kagawa-san und Suzuna-san die Nachricht des Direktors.

„Es war also wirklich der Alte ...!"

Während sich Kagawa-san grün und blau ärgerte, lächelte Suzuna-san nur verlegen.

„Okay, alles klar. Der Drahtzieher war der Direktor, Yaga-chan ist nur auf ihn reingefallen. Da er es auf Yaga-chan abgesehen hat, werde ich gnädig sein", erklärte Kagawa-san, während sie beruhigend ihre Hand auf meine Schulter legte, „und dir vergeben."

„Was?"

Sie hat mir vergeben?

„Aber merk dir eins: Es gibt kein nächstes Mal. Als Entschädigung lädst du uns nach der Arbeit zum Essen ein!"

„Waas?!"

„Dachtest du, du kannst meine Brüste umsonst sehen?"

Kagawa-san winkte mich mit leerer Hand ab. Ich fühlte mich erpresst! Aber sie hatte recht. Es fühlte sich falsch an, ihre Brüste umsonst zu sehen.

„Alles klar. Ich werde mich revanchieren!"

„Nicht schlecht, Yaga-chan, ein richtiger Mann!"

Sie wuschelte mir durch die Haare. *Irgendwie behandelt sie mich wie einen Hund.*

„Suzu, was meinst du? Soll er hingerichtet werden?"

Was für schreckliche Dinge sie auf einmal sagt, dachte ich und wandte meinen Blick von der Henkerin Kagawa-san zu Suzuna-san.

Ganz errötet sagte Suzuna-san, während sie zu Boden blickte: „Ähm ... könntest du bitte für dich behalten, was heute passiert ist?"

„Keine Sorge, ich bin nicht so ehrlos, dass ich es der ganzen Welt erzählen würde!"

Ob im Internet oder im persönlichen Umfeld, für das Verbreiten solcher Geschichten würde ich von der Gesellschaft ausgelöscht werden. Was heute passiert war, würde ein Geheimnis bleiben, geschützt für sie und für mich.

„Du lädst Suzu aber auch zum Essen ein, oder?"

„Ja, natürlich!", erwiderte ich prompt.

Suzuna-san lächelte schüchtern und nickte leicht.

So endete mein erstes unbeabsichtigtes Erlebnis, ein Mädchen nackt zu erwischen. Glücklicherweise kam ich heil davon, ohne hingerichtet zu werden.

Nachdem sich die Idols umgezogen hatten, gesellten sich auch die männlichen Mitarbeiter dazu, und das Fotoshooting am Strand begann. Kagawa-san forderte mich auf, dabei zu sein und zu lernen: „Nutze die Gelegenheit und schau dir etwas ab", schlug sie vor, während Suzuna-san mir zustimmend zunickte. Auch der Manager stimmte zu. Glücklicherweise schienen Kagawa-san und die anderen wegen des Vorfalls nicht nachtragend zu sein.

Die Mitarbeiter richteten eine einäugige Spiegelreflexkamera, deren Objektiv wie eine Panzerfaust aussah, auf einem Stativ aus und justierten sie. Es schien, als brauchten sie nur die Fernbedienung zu nutzen, um den Auslöser zu betätigen oder den Winkel zu ändern. Niemand stand direkt bei der Kamera.

Sie steuerten auch eine Drohne mit einer kleinen Kamera, schossen Fotos und besprachen sorgfältig die Details mit den Idols.

Ich war sprachlos. Mir fiel nichts Besseres ein als „Wie echte Profis", was wie Worte eines Grundschülers klangen.

Während des Shootings zogen die beiden Idols ihre Jacken aus und enthüllten ihre Badeanzüge, was mir den Atem raubte. Die Bademode beider hatte Weiß als Grundfarbe. Kagawa-san trug einen Bikini mit einem roten und einem schwarzen Streifen, Suzuna-san einen Einteiler mit einem orangefarbenen Streifen. Kagawa-sans Bikini war schlicht und zeigte viel Haut, während Suzuna-sans Badeanzug hochgeschlossen war und ihre Hüften betonte.

Ich fragte mich, ob es ihnen unangenehm war, solche Outfits zu tragen. Auf jeden Fall waren sie als Idols bildhübsch und bezaubernd.

Kagawa-san verkörperte mit ihrem lebhaften, energischen Charakter eine Schönheit mit markanten Brüsten und Hüften und einer wohlgeformten Taille. Meiner Meinung nach passte das Wort glamourös perfekt zu ihr.

Suzuna-san hingegen zeigte ihren zurückhaltenden, sanften Charakter durch ihren Körper. Sie hatte einen dezenten Busen, feminine Hüften und eine sehr schmale Taille. Ihre Silhouette wirkte so schlank wie eine Nadel, eine zerbrechliche Schönheit.

Es fühlte sich an, als würde ich exquisite Kunstwerke in einem Museum betrachten, als ob ein Künstler die Essenz weiblicher Schönheit in diesen Formen eingefangen hätte. Ich konnte einfach nicht wegsehen.

Mit ihren Jacken in den Händen breiteten Kagawa-san und Suzuna-san ihre Arme aus. Kagawa-sans sonniges Lächeln blendete mich, während Suzuna-sans sanftes Lächeln mich wie der Schein des Mondes faszinierte.

Eine Meeresbrise ließ ihre Jacken flattern, und die zwei Mädchen begannen, einen Walzer zu tanzen. Sie bewegten sich leichtfüßig und drehten sich fröhlich, als wären zwei Engel am Strand gelandet, die unschuldig miteinander spielten. So sahen sie für mich aus.

„Yaaga-chaan!"

„Yagasaki-saan!"

Sie winkten mir zu. Überwältigt von dem Moment winkte ich voller Scham zurück.

Nach dem Fotoshooting hatten sich die beiden bezaubernden Idols in die heiße Quelle der Raststätte zurückgezogen, hieß es. Sie genossen die Ruhe des für sie reservierten Familienbades und entspannten sich von den Strapazen des Tages.

Wie die Idols im Bad aussahen? Das wusste ich nicht. Selbst der Versuch, einen Blick zu erhaschen, hätte einen Skandal nach sich gezogen, der Gerichtsserien in den Schatten gestellt hätte. Hätte ich das versucht, wäre vermutlich die Polizei gerufen worden, um mich abzuführen. Nein, mein Leben war mir lieber, als dieses Risiko einzugehen.

Anschließend widmeten sich die beiden dem Mittagessen während eines weiteren Fotoshootings. Sie präsentierten ein Menü aus lokalen Zutaten. Ich durfte zuschauen und dabei etwas lernen.

In unserer Zeit wurden viele Lebensmittel industriell in Fabriken hergestellt, oft unter Einsatz von Nanotechnologie, sicher vor ABC-Kontaminationen und bedenkenlos genießbar. Doch es gab auch eine Sehnsucht nach echten, natürlichen Lebensmitteln, besonders in touristischen Gebieten, wo frisch geerntetes Gemüse, Meeresfrüchte oder Fleisch zu gehobenen Preisen angeboten wurden.

Suzuna-san und Kagawa-san schienen ihre regionalen Delikatessen zu genießen und wirkten sehr zufrieden. Ich selbst musste mich mit einer gelieferten Lunchbox begnügen, die künstlich hergestellte Speisen enthielt und aß Reis mit verschiedenen Beilagen.

Nach dem Shooting entspannten wir uns, wie vom Manager empfohlen. Sofort wurden mir von den Idols einige Snacks abverlangt – die „Entschädigung". Wir gingen zu einem Stand in der Luftraststätte, an dem die freundliche Mary-chan bediente. Kagawa-san wählte Takoyaki, japanische Oktopusbällchen, und einen reichhaltigen Crêpe, mit der Bemerkung „Jetzt oder nie". Trotz des gerade erst eingenommenen Mittagessens zeigte sie einen erstaunlichen Appetit. Suzuna-san entschied sich für einen Eisbecher mit Erdbeeren. Wie süß.

Kaum hatte Kagawa-san ihr Essen in der Hand, grinste sie und sagte: „Na dann, genießt die Zeit, ihr zwei, hihi." Sie ging dann in die NAV Hilda, das Flugzeug, mit dem die anderen von der Houshou-Akademie gekommen waren, um dort ihr Essen zu genießen. Später würde die Kabine sicherlich nach Takoyaki duften.

Nun allein, begaben Suzuna-san und ich uns auf die Terrasse der leeren Luftraststätte, um den Nachmittag gemeinsam zu verbringen. Suzuna-san genoss ihren Erdbeereisbecher mit einer Ruhe und Anmut, die mich faszinierten. Während ich mich fragte, ob ich sie weiter ansehen oder meinen Blick abwenden sollte, nippte ich an meinem heißen Hojicha, einem Tee aus gerösteten Grünteeblättern.

Plötzlich unterbrach Suzuna-san die Stille.

„Äh, wegen gestern ..."

„Ja?"

„Wenn es dich stört ... äh ... vergiss einfach, was passiert ist."

Gestern? Was meint sie damit? Als ich darüber nachdachte, fiel es mir wieder ein. Kaum erinnerte ich mich daran, was passiert war, wurden meine Wangen ganz heiß. Aber vielleicht verwechselte ich etwas. Um sicherzugehen, hakte ich vorsichtig nach.

„Ähm, was genau meinst du?"

Suzuna-san wurde ein wenig rot und wandte den Blick ab.

„Äh ... dass ich dich ... umarmt habe."

Also lag ich doch richtig. Ich konnte mich noch an das Gefühl dabei erinnern.

„Es war dir unangenehm, oder?"

So etwas Absurdes. Ich verneinte mit aller Kraft: „Unangenehm? Natürlich nicht! Ich ... habe mich gefreut!"

„Wirklich?"

Als hätte ich gesagt, dass ich gerne umarmt werden wollte, senkte ich verlegen den Blick. Ich starrte den Hojicha an und zappelte, um die Scham loszuwerden.

„Na ja, ich habe mich schon ein bisschen geschämt, als ich vor anderen umarmt wurde ..."

Wenn es nicht vor anderen gewesen wäre, wäre es von meinem Gefühl her natürlich schon in Ordnung gewesen. Aber sie war ein Star, schön und attraktiv, auf jeden Fall außerhalb meiner Liga. Eigentlich hätte ich bei ihr gar keine Chance gehabt. In dem Moment war sie wohl einfach sehr emotional. Es würde kein zweites Mal passieren, das wusste ich.

„A-also ...", sagte Suzuna-san. Ich blickte zu ihr auf. Sie saß in einer ähnlichen Haltung wie ich, unruhig, mit roten Wangen und gesenktem Blick.

Als ich mich fragte, was sie sagen wollte, fuhr sie fort: „Das heißt, wenn es nicht vor anderen wäre ..."

Ich konnte weder glauben noch verstehen, was sie mir zu sagen versuchte. *„Wenn es nicht vor anderen wäre", konnte das bedeuten, dass sie mich umarmen wollte, wenn wir allein wären? Nein, nein, unmöglich, dachte ich ... Aber was, wenn sie das meint ...?*

Mein Herz begann zu klopfen. Nicht nur mein Gesicht, sondern auch meine Ohren wurden ganz heiß. Ohne in den Spiegel zu schauen, wusste ich, dass ich jetzt wahrscheinlich wie ein gekochter Oktopus aussah. Vor Scham konnte ich ihr nicht in die Augen sehen. Was nun? Ich war erbärmlich unentschlossen.

„N-nichts!", sagte Suzuna-san panisch, „Ach ja, das Flugzeug, mit dem du hergekommen bist ..."

Sie warf einen Blick auf die Flanker am Rand des Hangars, die eine starke Präsenz ausstrahlte.

„Ich kenne mich damit nicht aus. Du kannst so gut damit fliegen und siehst dabei so entspannt aus, das hat mich wirklich beeindruckt ..."

Aus dem Nichts lenkte sie das Thema auf das Flugzeug. Damit wollte sie sicher die Stimmung ändern. Der Themenwechsel kam mir sehr gelegen, denn hätten wir das Gespräch fortgeführt, hätte es kein Zurück mehr gegeben, in vielerlei Hinsicht.

„Danke. Ich bin zwar noch im Training, aber es freut mich, das zu hören", antwortete ich gelassen, obwohl mein Gesicht noch immer rot war.

„Also, Yagasaki-san, was ist das für ein Flugzeug?", fragte sie.

Ich versuchte zu antworten, ohne dabei wie ein Flugzeug-Nerd zu klingen.

„Es ist ein Kampfjet des Modells Flanker. Es war früher ein russisches Kampfflugzeug, aber dieses hier stammt aus dem Arsenal der Houshou-Akademie ... Sagt dir der Name etwas?"

„Nein."

„Das ist eine eigene Werkstatt der Akademie. Im Arsenal werden die Flugzeuge der Akademie repariert oder umgebaut. Dort wurde auch dieses Flugzeug von Grund auf neu gebaut und modifiziert."

Ich erzählte ihr ebenfalls, dass das Flugzeug dort als „Houshou-Flanker" bezeichnet wurde.

„Sie haben in der Houshou-Akademie ein Kampfflugzeug gebaut?"

„Ja, genau", nickte ich, „aber wie es dazu kam, ist bis heute ein Rätsel. Als ich die Leute vom Arsenal fragte, sagten sie nur, ‚Irgendwann stand da plötzlich diese mysteriöse Flanker im Hangar 14'. Als ich den Schuldirektor gefragt hatte, antwortete er zwar, ‚Sie wurde nur für einen Test benutzt', aber mehr konnte ich nicht aus ihm herausbekommen."

„Ach so ..."

„Ein hohes Tier des Arsenals meinte nur, es hätte etwas mit dem Staat zu tun."

„Mit dem Staat?"

„Mehr hat er nicht gesagt."

Die Person, die mir davon erzählte, sprach von einem „staatlichen Forschungsinstitut". Die Flanker sei für ein streng geheimes Testprogramm hergestellt worden. Nur wenige Mitarbeiter des Arsenals seien eingeweiht gewesen. Da der Staat daran beteiligt sei, könne er nicht mehr verraten, hieß es.

Meiner Meinung nach handelte es sich bei dem staatlichen Forschungsinstitut um das Forschungszentrum für Luftfahrttechnik des Verteidigungsministeriums, das oft als „Arsenal der Luftfahrttechnik" bezeichnet wurde. Es hing also mit dem Militär zusammen.

Mit diesem Gedanken im Hinterkopf hatte ich einmal das System überprüft und dort Kategorien wie „Feuerwaffenkontrolle" oder „System für elektronische Kampfführung" gefunden, die aber alle gesperrt waren. Vielleicht wurden sie für Tests verwendet.

Jedenfalls hatte das Flugzeug manchmal eine verdächtige Atmosphäre. Aber ich versuchte, nicht zu viel darüber nachzudenken. Denn selbst wenn ich meine Gedanken damit vergeudete, gäbe es nichts, was ich tun könnte. Außerdem ...

„Na ja, wie auch immer das Flugzeug entstanden ist, ich glaube, die Flügel sind unschuldig", sprach ich meine Gedanken laut aus, denn das war meine Überzeugung.

Suzuna-san schaute verblüfft.

„Die Flügel sind unschuldig?"

„In der Tat. Es basiert auf einem Kampfflugzeug und ich weiß nicht, zu welchem Zweck es gebaut wurde, aber es kann Kunststücke vollführen, die kein anderes Flugzeug kann. Deshalb möchte ich es fliegen. Ich möchte auch so fliegen wie kein anderer."

Ein natürliches Lächeln erschien auf meinem Gesicht. Suzuna-san schloss sich mir an.

„Du liebst das Fliegen wirklich."

„Ja. Flanker kann so frei fliegen, deshalb liebe ich sie umso mehr."

Frei. Sie konnte ihren Pinsel frei auf der Leinwand namens Himmel schwingen. Was für ein unglaubliches Flugzeug.

„Aber ich habe noch viel zu lernen. Die Russen von früher konnten wirklich gut fliegen."

„Wirklich?"

Ich nickte und aktivierte die 3D-Daten der Houshou-Flanker. Ich nutzte das 3D-Modell des Flugzeugs wie ein Plastikmodell, um die abnormalen Manöver – im positiven Sinne – zu veranschaulichen. Zum Beispiel, wie das Flugzeug am höchsten Punkt eines Saltos senkrecht abstürzte und sich dabei zweimal in Gierrichtung drehte, oder wie es bei sehr niedriger Geschwindigkeit mit angehobener

Nase flog, als wäre weder der Sackflug noch die Schwerkraft von Bedeutung. Als ich die Videos einer Flugshow sah, die die beeindruckende Wendigkeit des Flugzeugs demonstrierten, war ich selbst schockiert. Ich nutzte die Gelegenheit, um einige dieser Videos auch Suzuna-san zu zeigen. Auch sie war von dem, was sie sah, sichtlich erstaunt.

„Ist das … wirklich möglich?", fragte sie.

„Von der Leistung des Flugzeugs her, ja. Aber ob es *mir* möglich wäre … Gute Frage."

Ich wich der Frage aus, weil ich, nach wie vor, kein Selbstvertrauen hatte.

„Aber ich werde nicht aufgeben. Ich will mich selbst herausfordern und es macht mir Spaß", sagte ich, nicht um zu prahlen, sondern um meine wahren Gefühle auszudrücken. Ein natürliches Lächeln bereitete sich auf meinem Gesicht aus.

Suzuna-san lächelte ebenfalls und sagte: „Ich drücke dir die Daumen, Yagasaki-san. Ich glaube, wenn es einer schafft, dann du."

Das machte mir Mut.

Die schöne Zeit verging wie im Flug. Suzuna-san bekam eine Nachricht vom Manager, dass sie bald zurückkommen sollte, und bereitete sich auf die Rückreise vor. Dann sagte sie: „Yagasaki-san, ähm …"

„Ja?"

„Ich würde gerne noch mehr mit dir reden, also …"

„Ja?"

„Können wir unsere Kontaktdaten austauschen?"

Wir sollten Kontaktdaten austauschen, um privat miteinander zu reden? Wie könnte ich da nein sagen?

„Natürlich! Wenn es okay ist."

Ich ließ meine E-Mail-Adresse auf meiner rechten Hand erscheinen und reichte ihr meine Hand.

„Danke schön!"

Fröhlich streckte auch Suzuna-san ihre rechte Hand aus. Bei der Frage „Wollen Sie Ihre E-Mail-Adressen austauschen?" wählte ich „Ja" und schon waren ihre Daten eingetragen.

Suzuna-san hielt meine rechte Hand und sagte lächelnd: „Ich schreibe dir!"

Dann ging sie zur Hilda und ließ mich allein mit dem sanften Duft, den sie hinterlassen hatte.

Wieder allein, schloss ich meine Augen, und während ich meine Hände zu Fäusten ballte, durchflutete mich ein Gefühl der Freude. Kaum zu glauben, dass ich gerade Kontaktdaten mit einem Mädchen ausgetauscht hatte. War etwa mein langersehnter Frühling gekommen? Halt, stopp, ich musste mich zusammenreißen und demütig bleiben. Immerhin war ich nur ein bescheidener Flugzeug-Nerd, ein kleiner Dummkopf in der Oberstufe der Luftfahrtklasse. Ich sah schon die Zukunft vor mir: Ich würde mich bestimmt zu sehr aufplustern, nur über Flugzeuge reden und Suzuna-san würde schnell das Interesse an mir verlieren.

Ich sah dies als eine Art Prüfung, eine Gelegenheit, herauszufinden, welche Themen Suzuna-san interessieren könnten. Eine echte Herausforderung, aber eine, die ich zu meistern bereit war.

Inmitten meiner Überlegungen näherte sich der Schuldirektor und bemerkte: „Es wird Zeit zu gehen."

Ich schlüpfte in meinen Anti-g-Anzug und gab die von dem Direktor geliehene Kleidung beim Personal ab. Dann bestieg ich die Houshou-Flanker, die die Form eines riesigen Kampfjets annahm. Mit einer Länge von 22 Metern, einer Breite von 14,7 Metern und einer Höhe von 6 Metern war sie wahrlich beeindruckend.

„Möchten Sie schon zurückfliegen?", fragte die KI Zhura, die auf Höflichkeitsfloskeln wie „Willkommen zurück" verzichtete.

Ich legte mein Flugequipment an und antwortete: „Ja, das Training am Vormittag war ausreichend, also fliegen wir direkt zurück."

„Verstanden. Halten Sie sich nicht zurück", erwiderte sie, kalt wie immer, was mir gefiel.

Ich sah, wie die beiden Hildas starteten, und dann machte ich mich auf den Weg zur Startbahn. 1200 Meter – das müsste ausreichen, überlegte ich und fragte mich zugleich, ob die Landebahn der Hitze des Nachbrenners der Flanker standhalten könnte. Sicherheitshalber erkundigte ich mich bei Zhura: „Ich habe es überprüft, es gibt keine Probleme. Luftraststätten wie diese sind weitgehend hitzebeständig konzipiert, damit sie im Notfall auch militärisch genutzt werden können."

„Ist das wirklich wahr?", fragte ich überrascht.

„Ja. Ursprünglich war geplant, dass Militärtransportflugzeuge, STOVL-Kampfjets und Hubschrauber hier starten und landen können", erklärte sie.

Offenbar hatte das Verteidigungsministerium vor, die Luftraststätten im Bedarfsfall zu nutzen.

Das war beängstigend! Ich tat so, als hätte ich nichts gehört. Doch es war beruhigend zu wissen, dass die Landebahn den Nachbrenner aushalten würde. Ohne zu zögern gab ich Vollgas, hob ab und verließ die Luftraststätte.

Ich sah, dass viele Menschen in der Raststätte unter mir zu mir aufblickten, und entschied mich spontan für eine Zugabe. Nach zwei Saltos setzte ich meinen Rückflug fort.

○

In der Nacht erschien ein neuer Blog-Eintrag von Suzuna-san auf der Website von „Project Fly High". Sie schrieb, dass sie nun endlich problemlos starten und landen könne und sich weiterhin anstrengen wolle. Der folgende Absatz hinterließ einen bleibenden Eindruck bei mir:

„Ich habe die andere Seite einer Person kennengelernt, vor der ich Angst hatte. Sie wurde von allen Schülern der Luftfahrtfakultät gefürchtet, aber ich habe entdeckt, dass sie trotz ihrer Strenge auch aufmerksam war. Schade, dass ich das erst jetzt bemerkt habe; es tut mir sogar ein wenig leid. Zu dieser Erkenntnis kam ich durch die Hilfe eines Schülers aus der Luftfahrtfakultät, dem ich an dieser Stelle danken möchte."

Die Person, vor der sie Angst hatte, war wohl Kana-chan. *Ja, Suzuna-san, Kana-chan ist zwar streng, aber auch nett.* Bei dem Gedanken musste ich lächeln. Ich las weiter, während ich die Worte auf mich wirken ließ.

„Übrigens wurde der Schüler aus der Luftfahrtfakultät von der Ausbilderin als Magier bezeichnet. Er konnte wirklich unglaubliche Dinge tun, vielleicht ist er wirklich ein Magier."

Warum macht sie jetzt diesen Witz?!, schrie ich in meinem Kopf. Wie absurd. Mich als Magier zu bezeichnen? Wenn ich wirklich zaubern könnte, würde ich meine Kräfte für andere Dinge nutzen, beispielsweise um mich in eine Oberschülerin zu verwandeln. Nein, ich würde die Kraft für weit bedeutendere Dinge einsetzen. Verloren in diesen Gedanken, driftete ich allmählich in den Schlaf ab, wie es mir so oft geschah.

Und so endete eine weitere ereignisreiche Woche in meinem Leben.

Epilog: Der Himmel, der kleine Falke und Suzuna

Suzunas Seite

Ich hatte Yagasaki-sans E-Mail-Adresse bekommen. Am Sonntag schrieben wir uns über eine Messenger-App. Es war nur eine ganz normale Unterhaltung. „Lass uns morgen wieder unser Bestes geben" und so weiter. Aber ich freute mich auch über ein solch belangloses Gespräch. Ich starrte auf seine Nachrichten und musste schmunzeln.

„Ist das eine Nachricht von Yaga-chan?", fragte Serina, während ich im Bett saß.

„Ja. ‚Lass uns morgen wieder unser Bestes geben', hat er geschrieben."

„Okay. Schön, dass es gut läuft."

„Ich weiß nicht, ob es gut läuft."

„Natürlich läuft's gut. Sonst würdest du ja nicht so grinsen wie ein Honigkuchenpferd."

„Grinsen? Habe ich gegrinst?"

„Ja, schon die ganze Zeit."

In der Tat hatte ich ein wenig vor mich hin gelächelt. *Aber habe ich wirklich die ganze Zeit gegrinst?* Ich schämte mich …

Serina lächelte und setzte sich neben mich.

„Hey, Suzu, ich habe einen Vorschlag für dich."

„Der da wäre?"

„Du hast ja seine E-Mail-Adresse bekommen und hast ihn von der Sache mit der Umarmung abgelenkt, wie wäre es, wenn …"

Serina flüsterte mir ihren *Plan* ins Ohr.

Das klang für mich nach einer gewaltigen Herausforderung.

„Aber das …"

„Keine Sorge, er wird sich sicher freuen. Er ist eben ein Dummkopf im positiven Sinne."

Ich war ganz anderer Meinung. Es wäre zu aufdringlich und ich würde mich zu Tode schämen. Ich könnte es nicht tun.

„Na ja, mach, was du willst. Also ich finde, du musst nicht immer so distanziert sein."

Serina stand auf und ging zu ihrem Schreibtisch, um sich für morgen vorzubereiten.

Ich grübelte und grübelte, bis ich zu Bett ging.

Ich beschloss, Serinas Vorschlag bei passender Gelegenheit in die Tat umzusetzen.

Yagasakis Seite

Am Montag darauf wurde mein Alltag von Grund auf verändert. Die erste große Veränderung war, dass ich vom Schuldirektor gebeten wurde, als Berater am „Project Fly High" teilzunehmen.

„Es tut mir leid, Yagasaki-kun, aber wenn du nicht dabei bist, können wir das Projekt nicht reibungslos abschließen." Als der charismatische Präsident der Akademie, der für die Wiederbelebung der Akademie gesorgt und mit Scharfsinn, perfekter Vorbereitung und Kontaktpflege viele Hürden überwunden hatte, mir das sagte, war ich völlig verblüfft.

„Ich glaube nicht, dass ich eine so wichtige Rolle übernehmen kann."

„Was sagst du da!", lachte der Schuldirektor, „Ohne dich wäre Suzuna-san aus dem Projekt ausgestiegen und es wäre gescheitert. Nur mit deiner Hilfe ist das nicht passiert, deshalb hast du diese Stelle verdient."

„Okay ..."

„Gut. Dann brauchst du nicht mehr am allgemeinen Unterricht teilzunehmen und kannst dich auf das Projekt und das Training mit Flanker konzentrieren."

„Wie bitte?"

„Mach dir keine Gedanken, wir werden schon dafür sorgen, dass du die Leistungspunkte bekommst."

Das heißt, ich durfte den Unterricht in der Allgemeinbildung schwänzen und konnte trotzdem irgendwie die Leistungspunkte bekommen ...

„Ist es wirklich in Ordnung, wenn ich den Unterricht schwänze?"

„Ja, mach dir keine Sorgen. Wenn du lernen willst, kannst du das immer tun. Was ist falsch daran, sich auf etwas zu konzentrieren, das man nur jetzt machen kann? Genau das meine ich."

Etwas, das ich nur jetzt machen kann. Ja, er hat recht mit seinen tiefgründigen Worten.

„Na dann, auf weitere gute Zusammenarbeit."

Mit einem Schmunzeln ging das Großväterchen davon.

Ich antwortete mit ernster Haltung: „Alles klar, Herr Schuldirektor!"

Nun war ich auch ein offizielles Mitglied des „Project Fly High". Bis zum Ende des Projekts würde ich meinen Vormittag auf dem zweiten Campus und meinen Nachmittag auf dem dritten verbringen. Und ich durfte weiterhin mit Suzuna-san üben … Es fühlte sich wie ein wahr gewordener Traum an.

Allerdings hörte ich, dass am Montag, dem ersten Tag nach der Umstrukturierung, die Flugübung ausgesetzt wurde. Dafür gab es einen triftigen Grund. Da Suzuna-san ihre Karriere wieder aufgenommen hatte, musste sie sich vornehmlich Dreharbeiten für Werbespots widmen, die sich während ihrer Pause angesammelt hatten.

Es versteht sich von selbst, dass ich keine Chance hatte, vor der Kamera zu stehen, also sah ich hinter der Kamera zu. Bei den Dreharbeiten gab es immer ein Drehbuch, das von allen sorgfältig gebrieft wurde. Bei der Probe wurden dann die Probleme herausgefiltert und dann wurde gedreht.

Es war das erste Mal, dass ich hinter die Kulissen schauen durfte. Ich will nicht gemein sein, aber es war sinnvoller als der Unterricht bei den Cosplay-Lehrern.

Beim Briefing hatte ich die beiden zum ersten Mal mit so einem ernsten Gesichtsausdruck gesehen. Sie wirkten wie richtige Karrierefrauen. Am Samstag war das Shooting etwas entspannter gewesen, aber heute hatten sie ernst geschaut und wie Profis agiert. Wirklich beeindruckend.

Das Shooting ging weiter. Nun sollten sie in Form eines Interviews über ihre bisherige Ausbildung berichten. Natürlich gab es auch dafür ein Skript, die Fragen standen schon fest, die Antworten größtenteils auch. Ich hatte Suzuna-san bei einer Frage, mit der sie Schwierigkeiten hatte, ein wenig geholfen.

Das Shooting begann. Suzuna-san stellte sich neben ihre Ausbilderin, Kanagusuku-san, und beantwortete die Fragen. Kanagusuku-san war wie immer: klug, kühl und erhaben. Sie antwortete ohne die geringste Spur von Nervosität.

Eine Frage richtete sich an Suzuna-san: „Was denkst du über deine Ausbilderin?". Die Mitarbeiter zeigten Regieanweisungen hinter der Kamera, die durch die Verbindung mit dem digitalen Gehirn angezeigt wurden.

Suzuna-san senkte den Blick und antwortete: „Sie ist überaus streng, weshalb ich am Anfang sehr nervös war."

Das war keine Antwort, die sie sich für das Shooting ausgedacht hatte, sondern ihre ehrliche Meinung. Dann schaute sie wieder nach vorn: „Aber als ich gemerkt habe, dass sich hinter ihrer Strenge Nettigkeit versteckte, war ich nicht mehr nervös. Die Strenge war nur die andere Seite ihrer Fürsorge und sorgt dafür, dass ihre Schüler nicht in Gefahr geraten. Es gibt jemanden, der mir zu dieser Erkenntnis verholfen hat. Ihm und meiner Ausbilderin, die mich nie aufgegeben hat, bin ich sehr dankbar."

Am Ende lächelte sie zuversichtlich. Es war kein Lächeln für die Kamera, sondern ein Lächeln, das von Herzen kam. Dass sie auch so lächeln kann, erstaunte mich. Von ihrer Verzweiflung bei unserer ersten Begegnung war keine Spur mehr zu sehen. Ich konnte meinen Blick nicht von ihrem selbstbewussten, strahlenden Lächeln abwenden.

Auf ihre Antwort folgte die Frage: „Also ist sie zwar furchterregend, aber nett?"

Suzuna-san nickte schmunzelnd. „Ja, die Hälfte der Zeit ist sie nett, glaube ich."

Die Mitarbeiter um sie herum lachten. Das war die Stelle, an der ich ihr zur Hand gegangen war. *Gut gemacht!*

Kanagusuku-san blieb ausdruckslos, sah aber mit leicht geöffnetem Mund etwas überrascht aus. Suzuna-san improvisierte und sprach weiter: „Sie ist wirklich nett. Ich habe gehört, dass die Schüler vom ersten Campus sie sogar ‚Kana-chan' nennen."

Oh … Eine eisige Kälte überkam mich. Mein Rücken, mein Kopf, meine Füße – alles begann plötzlich zu frieren. Ich hatte nicht einmal Zeit zur Flucht. Wie von der Tarantel gestochen, stürmte Kanagusuku-san auf mich zu und ergriff mich am Nacken. *Urgh!!*

„Ya! Ga! Sa! Ki!!", brüllte sie.

Mir war, als knurre ein Raubtier in mein Ohr. Schrecklich!

„Was hast du ihr erzählt?! Du bist der Einzige, der als Täter infrage kommt. Erkläre dich!"

Die unerbittliche Verfolgung durch die Ausbilderin ließ mich erzittern. Nun, es war unvermeidlich, dass sie herausfinden würde, dass ich es ihr erzählt hatte.

Dass Kanagusuku-san als Kana-chan bekannt war, wusste von den Projektteilnehmern nur ich. Wer sonst könnte es gewesen sein? Die Wahrheit starrte mir ins Gesicht: Ich war offensichtlich der Schuldige. Wie ein Verbrecher, der am Rande einer Klippe stand und vom Ermittler in die Enge getrieben wurde, entschloss ich mich zu einem Geständnis.

„Jawohl Kanagusuku-san! Als Suzuna-san gefragt hat, was die Schüler des ersten Campus von Ihnen halten, habe ich ihr meine ehrliche Meinung gesagt, damit sie ein freundlicheres Bild von Ihnen bekommt!"

„Ach so. Um ehrlich zu sein, das ist nicht das Problem! Das Problem ist, dass ihr mich immer noch so nennt!"

Für mich war das Problem, dass ich aufgeflogen war! Aber das war der Ausbilderin egal und sie würde mich gnadenlos zum Tode verurteilen!

„Dann will ich mir nachher im Lehrerzimmer ganz genau anhören, was ihr von mir haltet. Ich habe dir auch viel zu sagen, freu dich schon mal auf die Standpauke."

„Bitte verschonen Sie mich!"

Die anderen lachten lauthals los. Kagawa-san, die beim Shooting zusah, brüllte vor Lachen und schlug mit den Fäusten auf den Boden.

Genau im richtigen Moment eilte Suzuna-san zu Hilfe. „Entschuldigen Sie, Kanagusuku-san, ich sollte auch eine Standpauke erhalten."

Sie nimmt mich in Schutz. Was für ein Engel!

„Na gut, dann zeigt mir doch mal, wie eine Hand die andere wäscht. Ich freue mich schon darauf. Hahaha!"

Ich hörte Grausamkeit und Brutalität in ihren Worten. *Wie eine Dämonenkönigin aus einer Light Novel*, dachte ich. Da ich gerade dabei war, erlaubte ich mir noch einen Kommentar zu einer anderen Sache, die mich wirklich gestört hatte.

„Hey, warum läuft die Kamera noch?!"

Denn der Kameramann filmte einfach weiter, obwohl es sich um eine Ausnahmesituation handelte. Auf meine klagenden Rufe nach dem „Warum" antwortete der Regisseur mit einem Lächeln: „Na ja, vielleicht können wir das Video ja noch für etwas verwenden."

Was zum Teufel! Wofür will er das verwenden?!

Schließlich kam die Anweisung vom Regisseur: „Okay, cut!"

Zum Glück wurde die Szene neu gedreht.

Nach der Dreharbeit durften sich Suzuna-san und ich eine lange Ansprache von Kanagusuku-san anhören.

In der Mittagspause aßen wir gemeinsam in der Ecke des Hangars auf dem zweiten Campus. Nur Suzuna-san und ich. Unser Mittagessen bestand aus belegten Baguettes, die sie selbst zubereitet hatte. Auch heute lud sie mich ein.

„Es tut mir leid wegen vorhin. Es ist mir einfach rausgerutscht …", entschuldigte sich Suzuna-san erneut.

„Keine Sorge", winkte ich ab, „es macht mir nichts aus. Ihre Vorträge sind für mich nichts Neues."

Ich wollte nicht damit prahlen, aber ich hatte mich inzwischen an ihre Predigten gewöhnt.

„Nein, im Ernst, ich mache dir nur Ärger …"

„Nein, ganz im Gegenteil. Ich habe so viel Spaß und Freude."

Ja, es gab mittlerweile so viele Dinge, die mir Spaß und Freude bereiteten. Ich konnte meinen Alltag so genießen wie nie zuvor. Es gab auch etwas, das mich besonders glücklich machte. Ich schämte mich zwar, aber ich wollte meine Gefühle dennoch in Worte fassen.

„Weil ich dich getroffen habe und wir uns so gut verstanden haben."

Suzuna-san lächelte.

„Das gilt auch für mich. Ich freue mich, dass ich dich getroffen habe."

Uaah … Wie schön, dass sie das ebenfalls so sieht. Ihre Worte hatten mein Herz berührt.

In gemütlicher Atmosphäre probierten wir die belegten Baguettes. Sie waren wirklich so lecker, dass man sie im Laden verkaufen könnte. Es war wie ein Traum, mit einem Mädchen, das gut kochen konnte, hübsch war, ein schönes Lächeln hatte und ein Idol war, zusammen zu essen. Außerdem hatten wir unsere Kontaktdaten ausgetauscht und uns Nachrichten geschickt. *Bin ich in einem Märchen gelandet?* Die Situation kam mir so unrealistisch vor.

Dann war ich wieder in der Realität angekommen. Um ehrlich zu sein, wusste ich weder ein noch aus. Viele Dinge gingen mir durch den Kopf: Das Projekt, die Flanker, wie ich Suzuna-san besser kennenlernen könnte und so weiter. Die Welt war eben doch nicht so utopisch. Aber sie war auch nicht nur schlecht, das wusste ich. Also setzte ich mir das Himmelsfest als Ziel, um mit den Flügeln, die mir gegeben wurden, und der Person an meiner Seite, vorwärtszukommen.

Die schöne Zeit verging wie im Flug. Bevor der Gong ertönte, stand Suzuna-san auf.

„Tut mir leid, ich muss mich noch auf das nächste Shooting vorbereiten."

Ich war froh, dass ihre Stimme bedauernd klang.

Suzuna-san erwartete auch am Nachmittag ein Shooting. Sie sollte mit der Little Hawk starten und landen und sich dabei filmen lassen. Ich wünschte, das wäre der Plan für unseren gemeinsamen Vormittag gewesen, aber mit den Kameras im Cockpit hätte ich ohnehin nicht mitfliegen können.

Übrigens standen für mich am Nachmittag Krafttraining und Flugsimulation auf dem Programm. Da die Flanker ein unglaublicher Geldfresser war, konnte ich sie nur zweimal in der Woche fliegen. Die restlichen Tage trainierte ich am Simulator. Denn allein für den Treibstoff gingen schon viele große Scheine drauf. Beängstigend.

Jedenfalls mussten wir uns für heute voneinander verabschieden.

„Suzuna-san, gib dein Bestes. Halte durch!"

Lachend sah ich sie an und hoffte, dass ich sie ein wenig motivieren konnte. Sie lächelte mich fröhlich an. Dann hielt sie die Luft für einen Moment an.

„Bis dann, *Shin-kun!*", sagte sie mit heiterer Stimme, bevor sie halb rennend davonlief.

Kurzzeitig verstand ich nicht, was passiert war. Nach einer Weile begriff ich, dass sie mich mit meinem Vornamen ansprach. Die verschiedensten Gefühle stürmten auf mich ein.

Shin-kun. Sagte sie Shin-kun? Wirklich? Träume ich?

Ich kniff mir in die Wange. Es tat weh. *Es ist kein Traum. Aber was hat das zu bedeuten? Nein, nein, nein, wir waren uns nur ein bisschen näher gekommen, das hat natürlich überhaupt nichts zu bedeuten. Ich bin nur ein kleiner Flugzeug-Nerd und ein Dummkopf…*

Ding dong dang dong. Der Gong ertönte und zog mich in die Realität zurück.

„Oh nein! Ich war zu sehr in Gedanken versunken. Ich muss mich beeilen!"

Ich musste innerhalb von fünf Minuten zum dritten Campus, mich umziehen und mit dem Krafttraining beginnen! *Uah! Das schaffe ich niemals!* Ich konnte nur beten, dass ich einen freien Dolly erwischen würde!

Ich rannte und suchte nach einem selbstfahrenden Dolly. Zum Glück war einer in der Nähe frei und ich stieg sofort ein.

Ich zog mich in der Umkleidekabine rasch um und kam gerade so pünktlich vor dem Gong vor Hangar 14 an. Geschafft ...

Der zuständige Ausbilder kündigte über das Netzwerk den Beginn des Krafttrainings an und bestätigte meine Anwesenheit.

„Das war knapp, pass in Zukunft besser auf", ermahnte er mich. Ich entschuldigte mich.

Ich begann mit dem Aufwärmen. Eins, zwei, drei, vier. Danach stand Laufen auf dem Programm. Ich lief wie immer am Zaun der Akademie entlang.

Aus der Richtung der Startbahn hörte ich das Brummen des sich schnell drehenden Propellers, das das Flugzeug beim Start mit voller Kraft von sich gab. Ein vertrautes Geräusch, das mich beruhigte.

Auf der Startbahn hob eine Little Hawk ab. In meinem Blickfeld erschien eine Anzeige: Es war das Flugzeug, in dem Suzuna-san und Kanagusuku-san saßen. Anscheinend hatten sie zügig angefangen. Ich beobachtete, wie sie sanft in den Himmel aufstiegen.

Suzuna-san gibt sich viel Mühe, ich sollte mich auch mehr anstrengen, dachte ich. Um die Flanker zu meistern, musste ich meine Kondition trainieren. *Gut.* Ich lief voller Energie weiter.

Das ist die Geschichte, die der Himmel, der kleine Falke, Suzuna-san, ich und viele andere zusammen geschrieben haben. Das Projekt unter dem Motto „Flieg hoch hinaus" ging weiter. Natürlich lief nicht alles glatt. Es warteten noch viele aufregende Ereignisse auf uns, die uns aus der Bahn werfen würden. Und Kagawa-san durfte sich schon bald auf eine böse Überraschung freuen ... Auch danach würde noch viel passieren, auch viel Positives.

Wenn ich die Chance hätte, weiter davon zu erzählen, würde ich mich freuen, wenn ihr mir bei meinen unbeholfenen Erzählungen Gesellschaft leisten würdet.

Also, bis dann!

Nachwort

Hallo zum ersten Mal! Mein Name ist Sanichi Sakae. Ich möchte euch aufrichtig danken, dass ihr euch für „Fly with Me in the Endless Sky" entschieden habt. Ich danke euch von ganzem Herzen.

Da es keinen Sinn ergibt, über mich persönlich zu sprechen, lasst uns lieber über die Geschichte von „Fly" reden.

Die Geschichte dreht sich um die Flanker, die berühmte Suchoi Su-27. Es gibt so viele Varianten dieser Maschine, dass man leicht den Überblick verlieren kann. Hier eine kleine Hilfe: Su-27P für die Luftverteidigung, Su-27S als Standardmodell, Su-27M als modernisierte Version, Su-27UB als Zweisitzer, Su-27K als Exportversion (mit einigen Ausnahmen). Im Allgemeinen ist die Su-27 ein Einsitzer, während die Su-30 hintereinander angeordnete Sitze hat, die Su-32 und Su-34 nebeneinanderliegende Sitze und die Su-33 für den Einsatz auf Flugzeugträgern konzipiert ist. Die zweite Version der Su-35 ist eine Weiterentwicklung der Su-27 als Einsitzer (die erste war ein Prototyp), und die Su-37 ein weiterer Prototyp. Abgesehen von der Su-27 und der zweiten Version der Su-35 haben alle Modelle Canards. Einfach, oder?

Die Flanker wird oft als das Flugzeug des Feindes dargestellt, da sie dem Osten zugeordnet wird. Es ist bedauerlich, ein solch schönes Flugzeug als feindlich darzustellen und zu verunglimpfen.

Seit der Mittelschule liebe ich die Flanker, weshalb ich sie zum Flugzeug des Protagonisten gemacht habe. Es war jedoch eine Herausforderung, einem japanischen Protagonisten ein russisches Flugzeug zuzuweisen, anstatt einer F-15 Eagle oder einer Mitsubishi F-2. Ich musste kreativ werden: In einer Welt, in der jeder bis zu einem gewissen Grad fliegen kann, erschien es mir nicht so fern, dass ein Japaner eine Flanker fliegt. Dies musste ich bei der Konzeption der Geschichte berücksichtigen, sonst hätten mich die Kampfflugzeug-Fans in die Pfanne gehauen.

Ich entschied, dass Kunstflug ein zentrales Thema sein sollte. Warum Kunstflug? Weil ich überlegen musste, wie ich die Flanker am besten nutzen kann, um dem Protagonisten und der Heldin eine Kulisse für ihre Liebeskomödie zu bieten.

Die Flanker für eine Liebeskomödie nutzen? Wie soll das gehen?

So würde man doch normalerweise denken, nicht? Das war auch der Gedanke, den ich hatte. Zuerst entwarf ich ein Szenario mit der Luftpolizei und einem schwachen, aber unbesiegbaren Piloten, der eine Flanker fliegt, aber die Handlung entwickelte sich nicht weiter. Die Geschichte war so konventionell, dass ich selbst schnell genug davon hatte. Außerdem ist es nicht nötig, dass der Protagonist eine Flanker fliegt, wenn er ein Polizist ist. Eine Eagle F-15 oder eine Mitsubishi F-2 wäre viel überzeugender.

Während ich über dieses und jenes nachdachte, fiel mir ein, dass ich die Flanker am sinnvollsten einsetzen könnte, wenn es eine Kampfszene gäbe, dann könnte ich auch eine andere Eigenschaft der Flanker ins Bild bringen, nämlich ihre Beweglichkeit. Wenn man an Flanker denkt, denkt man an die Manöver Kobra oder Kulbit. In letzter Zeit hat man damit sogar Trudeln und so gemacht. Einfach abnormal. Die Eagle F-15 oder die Mitsubishi F-2 könnten da nicht mithalten. So entstand die Notwendigkeit der Flanker.

Also legte ich das Thema auf den Kunstflug fest und verzichtete auf die Kampfszenen. Ich nutzte die Flanker als ein kleines Werkzeug, um zu zeigen, wie stark der Protagonist ist.

Bei der Heldin war ich mir lange unsicher, bis ich als Experiment das Element „Idol" aufgenommen habe und es überraschend gut funktioniert hat.

Nachdem ich selbstvergessen die eine oder andere Stelle angepasst habe, war das Werk auf einmal fertig.

So ist die Geschichte entstanden. Es tut mir sehr leid, dass ich die Flanker als Ausgangspunkt für die Geschichte genommen und viel Fachwissen eingebaut habe. Wo wir bei Fachwissen sind: Japan ist ein Land, das das metrische Einheitensystem verwendet. In der Geschichte gilt Artikel 5, § 2, Absatz 1 der ergänzenden Bestimmungen des Gesetzes über das Messwesen nicht und die Einheit für Flugzeuge ist Meter.

Obwohl sie ein Zufallsprodukt ist, ist mir die Heldin Mizuki Suzuna ans Herz gewachsen. Wenn ich könnte, würde ich sehr gerne darüber schreiben, wie es mit Yagasaki und Suzuna weitergeht. Natürlich würde auch die Flanker nicht von der Bildfläche verschwinden ...

Da ich noch nichts über die Zukunft weiß, war es das mit der Entstehungsgeschichte von „Fly".

Ich möchte vielen Menschen danken. Zuerst meinem Redakteur in der HJ-Bunko-Redaktion. Obwohl ich ein Laie und ein Sonderling bin, haben Sie mich geduldig beraten, vielen Dank.

Dann möchte ich mich gerne bei Fly bedanken, die das Buch illustriert hat. Vielen herzlichen Dank für die tollen Illustrationen von Suzuna und den anderen!

Außerdem ein großes Dankeschön an die Jury der HJ-Bunko-Redaktion, die mein bescheidenes Werk mit dem Goldpreis ausgezeichnet hat, an die Mitarbeiter der Buchhandlungen, die es verkauft haben, und an die Leser, die das Buch in die Hand genommen haben.

Und schließlich an meine Freunde, mit denen ich seit der Oberschule befreundet bin: Lasst uns wieder mal Fleisch essen gehen. Ich lade euch ein!

Wir sehen uns das nächste Mal wieder, wenn sich die Gelegenheit ergibt.

Bis dahin.

Sanichi Sakae, Juli 2021

My Dreamy Realist Band 01
bereits erhältlich

Story: Okemaru / Artwork: Sabamizore

Unerwiderte Liebe ist frustrierend.

Wataru Sajou ist in die Klassenschönheit Aika Natsukawa verliebt. Er träumt davon, dass die beiden ein Paar werden, und versucht immer wieder, sie für sich zu gewinnen. Doch eines Tages stellt er sich der vermeintlichen Realität: „Für dieses unerreichbare Wesen bin ich nicht der Richtige, oder?"

Er versucht, Abstand zu gewinnen, was Aika schockiert: „Hasst er mich nun vielleicht?" Ob ihrerseits etwa doch Zuneigung im Spiel ist?

Asahina-sans Bento Band 01

bereits erhältlich

Story: Naoki Youshi / Artwork: U35

Oberschüler Seiya Maki verliebt sich eines Tages in das unappetitlich aussehende selbst gemachte Bento der Klassenschönheit Arisa Asahina. „Ich möchte dein Bento essen! Willst du meine Freundin werden?"

Arisa fühlt sich auf den Arm genommen und gibt Seiya wütend einen Korb. Doch seine Freundlichkeit und sein unermüdlicher Beistand bei ihren Sorgen und Ängsten lassen in ihr immer mehr Gefühle aufkeimen … bis sie sein Geheimnis erfährt, über das niemand Bescheid wissen darf. Wie wird die Beziehung der beiden verlaufen? Und warum möchte Seiya unbedingt Arisas Bento essen?

Reborn to Master the Blade: From Hero-King to Extraordinary Squire ♀

bereits erhältlich

Hayaken / Moto Kuromura / Nagu

Inglis, der heldenhafte König, der für sein Land und sein Volk lebte, wünschte sich kurz vor seinem Tod sehnlichst, in seinem nächsten Leben frei zu leben und den Weg des Kriegers zu meistern. Sein Wunsch wurde von der Göttin erhört und er wurde tatsächlich wiedergeboren ... jedoch als hübsches Mädchen?!

So beginnt die Geschichte vom schönen Mädchen, das zum stärksten Knappen wird!

IMPRESSUM

Fly with Me in the Endless Sky

von Sanichi Sakae

Übersetzung: Mikazuki Luna
Redaktion: Maximilian Gottselig
Lektorat: Melanie Höpfler
Deutsches Serienlogo: Laura Biela

1. Auflage, August 2024 – 1000 Exemplare
ISBN: 978-3-98745-001-3

Dokico
Maximilian Gottselig
Blattenäckerstraße 16
76709 Kronau, Deutschland

www.dokico.de

Die Originalausgabe erschien unter dem Originaltitel *Hatenai Sora wo Kimi to Tobitai: Ame no Hi ni Idol ni Kasa wo Kashitara, Futari Kiri de Lesson wo Suru Koto ni Natta* im Juli 2021 bei Hobby Japan.

Die deutsche Version wird in Absprache mit HobbyJAPAN Co., Ltd. veröffentlicht

gedruckt von "Standart impressa" www.standart.lt, Vilnius, Litauen